白雲 李奎報 詩選

한국의 한시 2

백운 이규보 시선

허경진 옮김

평민사

머리말

　일생 동안 칠팔천 수의 시를 지었다는 이규보는 분명 위대한 시인이다. 이인로가 용사론(用事論)으로 치우친 데 반해 그가 신의론(新意論)을 내세운 것을 본다면, 그는 시의 양뿐만이 아니라 질에 있어서도 앞서 간 시인임을 부정할 수 없다. 다만 무신정치 밑에서 집권자들에게 아부하여 벼슬을 유지했다는 비난이 그를 여지껏 따라다니는 것이 안타까울 뿐이다.

　그는 자기의 시를 여러 차례 불태웠다. 그러고도 남은 글들을 모은 것이 전집(前集) 41권이다. 이규보가 74세 되던 1241년 7월에 병을 얻으니, 집권자 최이(崔怡)가 그의 평생 지은 글들을 모아 문집을 엮게 했다. 그러나 이규보 자신은 이 문집을 보지 못하고 죽었다. 이 문집의 18권까지가 시이다. 이번의 시선집은 바로 이 《동국이상국전집》(東國李相國全集)을 대본으로 하여 엮어졌다. 이 전집은 비교적 연대순으로 배열되었기에, 이번의 시선집에서도 그 차례를 그대로 따랐다. 다만 1권·2권…의 체재를 다시 묶어서, 삶의 변화에 따라서 1부에서 5부까지 임의로 나눴다.

　그가 죽기 전에 문집을 내려고 서둘다 보니 빠뜨린 시들이 많았다. 그 아들 함(涵)이 이런 글들을 모아서 후집 12권을 엮었는데, 그 가운데 10권까지가 또한 시이다. 이 시들을 앞의 시들과 함께 시대순으로 배열하는 데에는 많은 어려움이 따르기에, 한 묶음 (한 잔의 술을 마시며 한 구절 시를 지었지)으로 묶어서 뒤에다 덧붙였다.

〈한림별곡〉에서 노래한 것처럼, 그의 특기는 주필(走筆)이다. 몇 백 운이고 막힘없이 줄기차게 붓을 달리는 시 창작 솜씨는 당대에 그 누구도 따르지 못했다. 그처럼 빠르게 장편의 시를 지은 사람으로는 아마도 차천로(車天輅) 정도나 꼽을 수 있을 것이다. 그러나 후세의 평가로야 어찌 차천로가 이규보를 따르겠는가. 이 시선집에서는 그 방대한 분량을 다 옮길 수가 없어서 주필의 장편시들은 부득이 제외하였다.

그의 시를 가려 뽑으면서, 한 권의 분량을 채우기 위해 여러 차례 망설였다. 최씨 무인들과 집권자들에게 바친 시들 가운데선 그의 편모를 보여주기 위해 한두 편만 넣었을 뿐, 나머지는 모두 빼 버렸다. 그러다 보니 이규보의 생애 가운데 앞부분에 치우친 느낌이 없지도 않다.

어쨌건 그는 한국문학사에서 우리가 반드시 넘어서야 할 산봉우리이다. 마침 민족문화추진회에서 《동국이상국집》을 6권으로 내놓았기에, 이 책을 엮는 데 큰 도움이 되었다.

1986년 2월 22일
허경진

차례

남쪽을 돌아다니며

벼슬을 얻으려고

첫 벼슬도 곧 떼이고서

재상이 되는 길은 멀기만 한데

한 잔의 술을 마시며 한 구절 시를 지었지

동명왕편 _ 185

나는 여전히 한낱 서생일세

白雲
李奎報

경주로 놀러갔다가 돌아오지 않는 오덕전에게

吳德全東遊不來以詩寄之

바다와 산 즐기려고 동쪽 먼 길 떠나더니
하늘 끝에 떨어졌다고 오래도록 노니는군.
벼가 나날이 영근다고 닭과 오리는 즐겁다지만
벽오동 가을 됐다고 봉황은 시름겨워라.
안개 낀 강호에서 범여¹⁾의 배 돌아오지 않으니
달밤에 눈 내린들 대안도²⁾는 언제 찾을 건가
성스러운 시대라서 버림받진 않을 테니
흰머리 떨구고서 낚시질할 생각 마소.

海山東去路悠悠。　　一落天涯久倦遊。
黃稻日肥鷄鶩喜、　　碧悟秋老鳳凰愁。
烟波不返遊吳棹、　　雪月期浮訪剡舟。
聖代未應終見棄、　　莫思垂白釣淸流。

---

* 오세재(吳世才)의 자(字)가 덕전(德全)이다.(원주)
1) 월왕(越王) 구천(句踐)이 회계(會稽) 싸움에서 실패한 부끄러움을 범여(范蠡)가 씻어 주었다. 그 뒤 범여는 배를 타고 오호(五湖)를 유람하면서, 이름을 바꾸고 세상 영화를 멀리하였다.
2) 대안도(戴安道)는 진(晉)나라 대규(戴逵)의 자. 왕휘지(王徽之)가 눈 내린 달밤에 흥겨워 배를 타고서 섬계(剡溪)에 사는 대안도를 찾아갔었다.

오덕전을 그리워하며

憶吳德全

하늘에 뜬 구름처럼
마음은 만리 멀어지고,
빈 뜨락에 내리는 빗방울처럼
눈물은 가득 쏟아지네.
그대와 한번 헤어진 뒤로 누구와 이야기하랴,
내 눈엔 옛날처럼 반가운 얼굴 다시 없네.

心將萬里長雲遠、　　　淚逐空庭密雨零。
一別君來誰與語、　　　眼中無復舊時靑。

모두들 나를 잊네

詠忘

세상 사람 모두들 나를 잊어버리니
사해를 둘러봐야 내 한 몸이 외로워라.
어찌 남들만 나를 잊을 뿐이겠나
형제들까지 또한 나를 잊었어라.
오늘은 아내가 나를 잊었으니
내일은 나까지도 나를 잊을 테지,
그런 뒤에는 온 천지 안에
가까운 사람도 먼 사람도 다 없어지리라.

世人皆忘我、　　四海一身孤。
豈唯世忘我、　　兄弟亦忘予。
今日婦忘我、　　明日吾忘吾。
却後天地內、　　了無親與疎。

나는 여전히 한낱 서생일세

重遊北山

1.

위아래 둘러볼수록 세월 바뀐 게 놀라와라,
십 년이 지났다지만 나는 여전히 한낱 서생일세.
우연히 옛 절에 와 예 놀던 곳 돌아보면서
고승과 마주 앉아 그때 얘기를 주고받네.
저녁노을 반쯤 걸린 벽으로 새 그림자 날아가고
가을 달빛 산에 덮이자 잔나비 울음마저 싸늘해라.
가슴 깊이 쌓인 회포 다 풀기 어려워
뜨락에 가끔 내려 발 가는 대로 걸었네.

俯仰頻驚歲屢更。　　十年猶是一書生。
偶來古寺尋陳迹、　　却對高僧話舊情。
半壁夕陽飛鳥影、　　滿山秋月冷猿聲。
幽懷壹鬱殊難寫、　　時下中庭信步行。

술에 병들었어라

次韻璨師

덧없는 인생살이 너무나 빨리 지나
술에 병들고 시에 늙었어라.
누가 밝은 거울로 환히 비춰 주려나.
나는 눈이 있다지만 볼 수 없구나.

咄咄浮生隙駟馳。　　　病於盃酒老於詩。
誰將明鏡來相照、　　　珠在皮膚自不知。

천수사(天壽寺) 앞에서
天壽寺門

풀빛은 푸른 연기처럼 퍼져 하늘에 닿았고
배꽃은 흰눈처럼 땅에 가득 널렸네.
여기는 해마다 헤어지던 곳이기에
손님 보내지 않을 때도 넋이 녹는다오.

連天草色碧烟翻。　　　滿地梨花白雪繁。
此是年年離別處、　　　不因送客亦銷魂。

벽오동 심은 뜻은

詠桐

넓고 큰 그늘이 장막을 이루었고
나부끼는 잎새는 구슬처럼 흩어졌네.
벽오동 심은 뜻은 봉황을 보잿더니
쓸데없는 잡새들만 깃들었구나.

漠漠陰成幄、　　飄飄葉散圭。
本因高鳳植、　　空有衆禽栖。

부잣집을 바라보며

望南家吟

남쪽 집은 부자에 동쪽 집은 가난해서
남쪽 집에선 노래와 춤 동쪽 집에선 울음소리만 들려 와라.
노래와 춤은 어찌 저리도 즐거운지
손님이 마루를 메우고 술도 만 섬이 넘어라.
울음소리는 왜 저리도 구슬픈지
싸늘한 부엌에선 이레 동안 연기 한 점 안 오르네.
동쪽 집 가난한 사람 남쪽 집을 바라다보며
대쪽을 쪼개듯 한마디 씹어뱉는 말.
너희는 석장군[1]을 보지 못했는가
날마다 여인을 끼고 금곡원에서 취해 지냈건만
수양산 굶어 죽은 이들의 깨끗한 죽음이
천고에 빛나는 것보다 못하다는 걸.

■

1) 진(晉)나라의 갑부 석숭(石崇). 석숭은 금곡원에서 술을 즐겼는데, 기생
들이 손님에게 술을 취하도록 권하지 않으면 기생을 죽이기까지 했다고
한다.

南家富東家貧、　　　　南家歌舞東家哭。

歌舞何最樂、　　　　　賓客盈堂酒萬斛。

哭聲何最悲、　　　　　寒廚七日無烟綠。

東家之子望南家、　　　大嚼一聲如裂竹。

君不見石將軍日擁紅粧醉金谷。

不若首山餓夫清名千古獨。

꽃은 예처럼 붉게 피었건만

醉中走筆贈李淸卿

지난해 동산에 피었다 진 꽃떨기는
올해도 그 동산에 예처럼 붉게 피었건만,
지난해 꽃 아래서 놀던 사람이
올해는 그 꽃 아래 백발 늙은일세.
꽃가지는 해 바뀌어도 줄지 않으니
해마다 늙어 가는 사람을 비웃으리라.
봄바람도 저물고 피었던 꽃도 가버릴 텐데
꽃 바라보며 걱정하지는 마세나.
내가 노래하고 그대가 춤추면 맘껏 즐거울 텐데
인생 행락을 왜 않겠나.
우리는 미치광이라 남이야 하든 말든
어서 빨리 천 잔 술을 마시고 노세.
그대는 보지 못했던가
유랑이 술 마실 때면 꽃향기 찾던 것을,
내 알건대 그 풍정이 소년과도 맞선다오.
또 보지 못했던가 동파거사는 늙어서도
꽃 꽂고 아니 부끄러웠다는 말을,[1]

■
1) 소동파가 모란을 읊은 시에, '늙은이는 머리 위에 꽃 꽂고 부끄러워 않
   건만, 꽃이야 늙은이 머리 위에 있기가 응당 부끄러우리라'라는 구절이
   있다.

취한 걸음 지팡이에 의지해 사람들이 웃었다오.
예부터 흥이 나려면 술잔뿐이니
달 보며 술항아리 기울이길 사양 말게나.
부귀영화도 한낱 웃음거리
위 무제의 '동작대'²⁾ 노래를 보게나.

去年園上落花叢。　　　　今年園上依舊紅。
唯有去年花下人、　　　　今年花下白髮翁。
花枝不滅年年好。　　　　應笑年年人漸老。
春風且暮又卷歸、　　　　愼勿對花還草草。
我歌君舞足爲歡、　　　　人生行樂苦不早。
顚狂不顧旁人欺、　　　　要使千鍾如電釂。
君不見劉郞飮酒趂芳菲、　解道風情敵年少。
又不見東坡居士簪花老不羞、　醉行扶路從人笑。
古來得意只酒杯、　　　　莫辭對月傾金罍。
榮華富貴一笑空、　　　　請看魏虎銅雀臺。

■

2) 위(魏)나라 무제(武帝 : 조조)가 죽을 무렵에 자기의 기첩들을 연연한 일
   과, 무제가 죽은 뒤에 그의 기첩들이 쓸쓸히 무제의 은총을 추모하는 일
   등을 읊은 노래.

여름날
夏日卽事 二首

2.

대자리를 깔고 가벼운 옷으로 바람 맞으며 누웠는데
꾀꼬리 울음 서너 마디에 꿈이 그만 깨었네.
빽빽한 잎 사이 가리웠던 꽃은 봄이 지난 뒤에도 남아 있고,
엷은 구름 뚫고 나온 햇볕은 빗속에서 오히려 밝아라.

輕衫小簟臥風櫺。　　夢斷啼鶯三兩聲。
密葉翳花春後在、　　薄雲漏日雨中明。

늙은 무당
老巫篇

옛날 무당 계함은 신기로와서
산초랑 쌀이랑 다퉈 바치며 의심을 풀었다지만,
하늘에 오른 뒤로 그 뒤를 이은 자 누구던가
천백년 지난 오늘에 와선 아득키만 해라.
힐·팽·진·례·저·사·라[1] 일곱 무당은
영산 가는 길이 멀어 추적하기도 어렵고,
원수·상수 사이에선 귀신을 믿어
황당하고 음란한 짓 더욱 우스웠지.
이 풍속이 우리나라엔 아직도 없어지지 않아
여인은 무당 되고 남자는 박수가 되네.

■

* 내가 살고 있는 곳 동쪽 이웃에 늙은 무당이 있었다. 날마다 많은 남녀들
이 모여 들었는데, 그 음란한 노래와 괴상한 말들이 내 귀에 들려왔다. 불
쾌하였지만 몰아낼 만한 이유가 없었다. 마침 나라에서 명령이 내려, 모
든 무당들로 하여금 멀리 옮겨가 서울에 인접하지 못하게 하였다. 동쪽
이웃에 음란하고 요괴한 자들이 쏠어버린 듯 없어진 것만을 기뻐할 뿐 아
니라, 서울 안에서 이런 무리들이 아주 없어짐으로써 세상이 질박하고 백
성들이 순진하여 장차 태고의 풍속이 회복될 것을 축하하며, 이런 뜻에서
시를 지어 치하한다.(序에서)
1) 《산해경》(山海經)에 '천문(天門)의 해와 달 들어가는 곳에 영산(靈山)이
있는데, 거기에 무힐(巫肹)·무팽(巫彭)·무진(巫眞)·무례(巫禮)·무저(巫
抵)·무사(巫謝)·무라(巫羅) 등 일곱 무당이 살고 있다'고 하였다.

자기들 말로는 신이 내린 몸이라 하지만
내 듣고는 우습고도 서글플 뿐이네.
굴 속에 사는 천년 묵은 쥐가 아니라면
아홉 꼬리 달린 숲속의 여우일레라.
많은 사람을 미혹하는 동쪽집 무당은
주름진 얼굴 희끗희끗한 머리에 나이 쉰 살인데,
대문에 가득 남녀들 구름같이 모여들어
어깨 부딪치며 목을 맞대고 드나든다네.
목구멍 속의 새소리처럼 가느단 말소리로
늦게도 빠르게도 두서없이 지껄이다가
천 마디 만 마디에 요행 하나라도 맞으면
어리석은 남녀들 더욱 공경스레 받드네.
단술 신술에 언제나 배가 불러
몸을 날려 펄쩍 뛰면 머리가 들보에 닿네.
나무 얽어 다섯 자 남짓 감실을 만들어
입버릇 삼아 스스로 제석천2)이라 말하지만,
제석천황은 본래 육천 위에 있거늘
어찌 네 집에 들어가 구석진 곳에 처하겠는가.

■
2) 불교에서 말하는 삼십삼천(三十三天)의 하나로 석가불(釋迦佛)이 살고 있
   다는 도리천(忉利天)을 말한다. 여기에선 바로 석가불을 가리킨다.

울긋불긋 귀신 형상을 온 벽에다 그리고
북두칠성과 아홉 큰 별로 꾸몄다지만
성관은 본래 먼 하늘에 있거늘
어찌 너를 따라 네 벽에 붙어 있겠는가.
생사화복을 함부로 움직이며
우리를 시험해 천기를 거스르니,
사방 남녀의 먹을거리 모두 거둬들이고
온 천하 부부의 옷 몽땅 빼앗아들이네.
물처럼 시퍼런 날카로운 칼 내게 있지만
몇 번이나 달려가려다 그만둔 것은
지켜야 할 법이 있기 때문이겠지
어찌 그 귀신이 나를 해칠까 봐 못했겠느냐.
동쪽 집 무당이야 이제 다 늙었으니
아침 아니면 저녁에 죽겠지 어찌 오래 가랴만,
내가 생각하는 게 어찌 이뿐이랴
모두들 쫓아내어 민간을 씻어 내려는 뜻이라네.
그대는 보지 못했던가 옛날 업현 사또가
큰 무당을 강물에 빠뜨려 하백이 장가들지 못하게 한 것을,[3]

■
3) 전국시대 위(魏)의 서문표(西門豹)가 업현의 사또로 있을 때, 하백(河伯: 물귀신)을 부녀자에게 장가들게 한다고 하여 여자를 강물에 빠뜨리는

또 보지 못했던가 요즘 함상서[4]가 앉아서 무당 귀신을 쓸어내
잠시도 발 붙이지 못하게 한 것을,
이분이 가신 뒤로 또 부쩍 일어나
추잡한 귀신 늙은 여우가 다퉈 모였네.
감히 치하컨대 조정에 굳은 계획이 있어
무당 무리를 쫓아내잔 말이 절실코도 정직하네.
이름 밝히고 글을 올려 제각기 아뢰길
이 어찌 우릴 위해서랴, 나라의 이익이라 하니,
총명하신 천자께서 그 아룀을 받아들이사
하루도 채 못 되어 그 자취를 쓸어버리듯 했네.
너희들이 만약 신을 부린다면
황홀한 변화가 응당 끝없어야겠거든,
소리가 있을 때 왜 남의 귀를 맞지 못하고
형체가 있을 때 왜 남의 눈을 꿰매지 못하는가.

■
　습관이 그 지방에 있었다. 서문표가 그 폐단을 고치려고 무당을 강물에
　빠뜨렸다.
4) 고려 명종(明宗) 때의 공부상서(工部尙書) 함유일(咸有一). 일찍이 교로도
　감(橋路都監)을 관장하면서 무당들을 교외로 추방하고, 음사(淫詞)를 불
　질렀다.

단칠에다 연지를 바르고 환술이라 하지만
너희 몸뚱이 하나 숨기는 게 그리 어렵더구나.
무리들을 이끌고 이제 멀리 옮겨간다니
소신으로서는 나라를 위해 참으로 기뻐라.
날마다 놀던 도성이 곧 맑고 고요케 되어
북 장구 시끄러운 소리도 내 귀에 들리지 않겠지.
신하된 몸으로 혹시라도 이러한 자가 있다면
베이거나 쫓겨나는 게 당연한 이치리라.
나야 이제 다행히도 이름 없는 몸인데다
왕경에 접해 있어 놀랄 일이 없겠지만,
모든 선비들이여 이 사실을 적어 두고는
음란 괴이한 짓일랑 부디 가까이 하지 마오.

昔者巫咸神且奇。　　競懷椒糈相決疑。
自從上天繼者誰、　　距今漠漠千百暮。
肹彭眞禮抵謝羅、　　靈山路夐又難追。
沅湘之間亦信鬼、　　荒淫譎詭尤可噁。
海東此風未掃除、　　女則爲覡男爲巫。
自信至神降我軀、　　而我聞此笑且吁。
如非穴中千歲鼠、　　當是林下九尾狐。
東家之巫衆所惑、　　面皺鬢斑年五十。

士女如雲屋滿戶、
喉中細語如鳥聲、
千言萬語幸一中、
酸甘淡酒自飽服、
緣木爲龕僅五尺。
釋皇本在六天上、
丹青滿壁畫神像、
星官本在九霄中、
死生禍福妄自推、
聚窮四方男女食、
我有利劍凜如水、
只因三尺法在耳、
東家之巫年迫暮、
我今所念豈此爾、
君不見昔時鄴縣令河沈大巫使絕河伯娶、
又不見今時咸尚書巫掃巫鬼不使暫接虎。
此翁逝後又寢興、
敢賀朝廷有石畫。
署名抗牘各自言、
聰明天子可其奏、
爾曹若謂吾術神。

磨肩出門駢頸入。
咿哶無緒緩復急。
騃女癡男益敬奉。
起躍騰身頭觸棟。
信口自道天帝釋。
肯入汝屋處荒僻。
七元九曜以標額。
安能從汝居汝壁。
其能試吾橫氣機。
奪盡天下夫婦衣。
幾廻欲往還復止。
豈爲其神能我崇。
朝夕且死那能久。
意欲盡逐滌民宇。
醜鬼老狸爭復聚。
議逐羣巫亂切直。
此豈臣利誠國益。
朝未及暮如掃迹。
變化恍惚應無垠。

有聲何不钄人聽、　　有形何不緘人盯。
章丹陳朱猶謂幻、　　況復爾曹難隱身。
携徒挈黨遠移徙。　　小臣爲國誠自喜。
日遊帝城便清淨、　　瓦鼓喧聲無我耳。
自念爲臣儻如此、　　誅流配貶固其理。
我今幸是忘且晦、　　得接王京無我骇。
凡百士子書諸神、　　行身慎勿近淫怪。

술병으로 일어나지 못하는 벗에게

戲友人病酒未起

내 바로 노련한 의원이라 병을 잘 진단하지.
누구 때문에 탈났는가 누룩귀신 탓이지.
아황주 닷 말을 새벽마다 마셔야 해.
이 약이 유백륜¹⁾에게서 전해온 비방이라네.

我是老醫能診病、　　誰爲崇者必麴神。
鵝黃五斗晨輕服、　　此藥傳從劉伯倫。

■

1) 백륜은 유영(劉怜)의 자이다. 술을 아주 좋아하여 평소에는 한 섬씩 마시
　고, 닷 말로 해장을 하였다.

장미꽃 아래에서 술을 마시며 전이지에게
飮家園薔薇下贈全履之

지난해 꽃을 심을 때도
그대 마침 찾아왔었지.
두 손으로 진흙땅을 파주고는
술을 마주 나누며 거나하게 취했었지.
올해도 꽃이 한창 피자
그대 또 어디에선가 찾아왔구려.
꽃이 그대에게만 유독 두터이 대하니
혹시 전생에 빚진 일이라도 있었던가.
심던 그날에도 술을 들었으니
흐드러지게 핀 오늘이야 어찌 안 마시랴.
이 술을 그대 사양하지 말게
이 꽃을 저버릴 수 없기 때문이라네.

去年方種花、	得得君適至。
兩手揮汚泥、	對酌徑霑醉。
今年花盛開、	君又從下來。
花於子獨厚、	豈有前債哉。
種日猶擧酒、	況復繁開後。
此酒君莫辭、	此花不可負。

취해 잠들었다가

次韻尹學錄春曉醉眠 二首

2.

잠 고을이 바로 술 고을과 이웃이어서
내 한 몸으로 두 고을을 오고가네.
석 달 봄날이 모두 꿈속이라서
꿈속에서 다시금 꿈속 사람이 되었구나.

睡鄕偏與醉鄕隣。　　　兩地歸來只一身。
九十日春都是夢、　　　夢中還作夢中人。

■
* 원 제목이 길다. 〈윤학록의 시 "봄날 새벽에 취해서 자다[春曉醉眠] 2수"
에 차운하다〉

술 한 잔에 젊어지네

醉書示文長老

아름다운 술 한 잔이 마치 선약 같아서
다 시든 얼굴도 소년처럼 붉게 하네.
신풍을 향하여 늘 곤드레 취한다면
인간세계 그 어느 날인들 신선 아니랴.

一盃美酒如丹液、　　　坐使衰顔作少年。
若向新豊長醉倒、　　　人間何日不神仙。

귀했거나 천했거나 모두가 똑같아라
七月十日曉吟有感示東皐子

글 짓는 사람이란 본래 느낌이 많아
나뭇잎 하나 보고도 가을이 온 걸 놀라네.
아직 더위가 남아 있다곤 하지만
새벽이 들면 두터운 갖옷 생각난다네.
어제만 해도 남녘 시냇물에서 미역 감으며
물에 뜬 갈매기처럼 헤엄도 쳤는데,
오늘 아침에 그 푸른 시냇물 보니
찬물에 가까이 가기가 벌써 꺼림칙해라.
시절이 날마다 달라지고
흐르는 세월은 멈추지 않아,
내일이면 어느새 오늘이 아닌데다
검은 머리까지 흰 머리로 바뀐다네.
우리 인생이라는 게 잠시 붙어 지내는 것
백년을 가다 보면 벌써 끝나려 하거늘,

■
* 동고자(東皐子)는 경주에 사는 친구 박환고(朴還古)의 자이다. 그와 주
고받은 시가 많으며, 동국이상국집 권5에 〈박환고(朴還古)의 남유시(南
遊) 열한 수를 차운하다[次韻朴還古南遊詩 十一首]〉가 실려 있는데,
1198년 봄에 받은 시를 장마철에 차운하였다.

무엇하러 머리 내민 쥐¹⁾가 되어서
어느 쪽으로 가야 할까 망설이기만 하는가.
한 치 조그만 가슴속에만
끝없는 시름을 답답하게 품고 있는가.
애초의 뜻대로 힘을 기울여서
재상의 자리라도 용감히 따내게나.
아니면 인간의 본연으로 돌아가
논밭에 앉아서 농사일에나 힘쓰게나.
해마다 백 섬의 술을 담근다면
일생 동안 술 언덕에서 늙어갈 수 있겠지.
죽어서 소나무 밑 한 줌 흙이 되기엔
귀했거나 천했거나 모두가 똑같아라.

騷人故多感、　　　一葉已驚秋。
雖云餘熱在、　　　向曉思重裘。
昨日浴南磵、　　　游泳如浮鷗。
今朝見澗碧、　　　尙憚臨淸流。
時節日漸異、　　　流年逝不留。

■
1) 쥐는 의심이 많아 쥐구멍 속에서 머리만 밖으로 내놓고, 이쪽 저쪽을 돌아
　다본다. 어느 편을 택해야 좋을지 망설이는 모습.

明日非今日、　黑頭將白頭。
吾生如寄耳、　百年行欲休。
胡爲長首鼠、　去就不早謀。
而於方寸地、　鬱此無窮愁。
努力勗素志、　唾手取公侯。
不然反初服、　力穡事田疇。
歲釀百石酒、　一生老糟丘。
死作松下土、　貴賤同一籌。

술을 보낸 벗에게

謝友人送酒

요즘은 한 잔 술까지 말라 버려
내 온 집안에 가뭄이 들었었지.
고맙구려, 그대가 향그런 술을 보내 주어
때맞춰 내린 단비처럼 상쾌하구나.

邇來盃酒乾、　　是我一家旱。
感子餉芳醪、　　快如時雨灌。

여뀌꽃 속의 해오라기

蓼花白鷺

앞 여울엔 물고기와 새우가 많아서
해오라기란 놈 물결을 가르고 들어가려다,
사람을 보고는 문득 놀라 일어서서
여뀌꽃 핀 언덕으로 도로 날아가 앉았네.
목을 빼고 사람이 가길 기다리다가
부슬비에 온몸의 털 다 젖겠구나.
마음은 오히려 여울의 고기에게 있는데도
아무 생각도 없이 서 있다고 사람들은 말한다네.

前灘富魚蝦、　　有意劈波入。
見人忽驚起、　　蓼岸還飛集。
翹頸待人歸、　　細雨毛衣濕。
心猶在灘魚、　　人道忘機立。

소를 때리지 말아라

莫笞牛行

소를 때리지 말아라 불쌍하구나.
아무리 네 집 소라고 해서 때려야만 되겠느냐?
소가 네게 무슨 짐이 된다고
도리어 소에게 화를 내느냐.
무거운 짐을 지고서 만리 길을 가기도 하니,
너 대신 두 어깨가 피곤하단다.
혀를 헐떡거리며 큰 밭을 갈아 주어
너의 입과 배를 모두 즐기게 해주었네.
이만큼이나 너를 정성껏 섬겨 주었는데도,
너는 게다가 타고 다니기까지 하더구나.
피리를 입에 물고 너는 스스로 즐기지만,
소는 가뜩이나 지쳐서 걸음걸이도 처지는구나.
걸음이 늦다고 게다가 성까지 내서,
회초릴 들어 때린 것이 여러 번일세.
애야, 때리지 말아라 소가 가엾구나.
하루아침에 소가 죽으면 네게 무엇이 남겠니?
소 먹이는 아이야, 너는 참말 어리석구나.
무쇠로 만든 소가 아닌데 어찌 더 견디어 내겠느냐?

莫笞牛牛可憐、 牛雖爾牛不必笞。
牛於如何負、 乃反嗔牛爲。
負重行萬里、 代爾兩肩疲。
喘舌耕甫田、 使汝口腹滋。
此尙供爾厚、 爾復喜跨騎。
橫笛汝自樂、 牛倦行遲遲。
行遲又益嗔、 屢以捶鞭施。
莫笞牛牛可憐、 一朝牛死爾何資。
牛童牛童爾苦癡、 如非鐵牛安可支。

스님을 찾아갔더니

訪外院可上人用壁上古人韻

쓸쓸한 암자가 고목나무 옆에 있어
감실에 등잔 하나, 향로도 하날세.
노승의 하루 일과를 물어 무엇하랴,
손이 오면 얘기 나누고 손이 가면 존다네.

方丈蕭然古樹邊。　　　一龕燈火一爐烟。
老僧日用何須問、　　　客至淸談客去眠。

문장로의 시 〈길에서 만나 시를 읊다〉에 차운하다

次韻文長老路上相逢口占

벼슬 없고 절 없는 한가한 두 사람
길에서 만나선 서로 손만 어루만지네.
손 잡은 뜻 깊으니 그 누가 알랴,
해 저무는 거리에 말없이 섰네.

無官無寺兩閑人。　　　路上相逢撫掌頻。
撫掌意深誰會得、　　　夕陽無語立街塵。

양귀비의 머리털
開元天寶詠史詩 剪髮

애정이 너무 깊어 역정으로 바뀌니
짐짓 싫은 말로 비위를 건드렸네.
칙명 받고 돌아온 귀비 무엇이 한스러우랴,
검은 구름 머리털이 환심 사고도 남았네.

極愛翻生拂意間。　　故將侵語屢振干。
勅還外第妃何恨、　　一朶烏雲足市歡。

---

* 《개원전신기》(開元傳信記)에 "양귀비가 항상 말로써 임금의 비위를 거스
르자, 임금이 노하여 고역사(高力士)를 시켜 짐차에 태워 사가(私家)로 내
보냈다. 귀비가 머리털을 베어 역사에게 주며 '다른 진귀한 물건은 다 임
금이 주신 것이니 드릴만한 것이 못되고, 이것은 부모에게서 받았으니 첩
이 연모하는 뜻을 바칠 수 있다' 하였다. 임금이 그 머리털을 받고는 눈물
을 흘리며 바로 역사를 시켜 다시 돌아오게 했다" 하였다.(원주)

눈속을 찾아온 벗에게
次韻東皐子還古雪中見訪

구슬과 돈더미는 전당[1]에 쏟아졌고
황금은 미오[2]에 쌓인 걸 보았었지.
부귀는 마치 뜬구름 같아
한번 흩어지면 쓸어버린 듯 없어지지만
취중의 마음만은
세월이 흘러도 늙지 않는다네.
내 집에 있는 술 강물과 같아
배 띄울 만하니
촛불 잡고 밤새 놀기도 사양치 말고
천 섬의 술 실컷 마셔나 보세.

---

* 원 제목은 〈동고자 환고의 시 "눈속에 찾아온 벗에게[雪中見訪]"에 차운
  하다〉이다.
1) 지금의 절강(浙江). 이곳에 조수가 밤낮으로 두 차례씩 밀려들어 주민들이
   막심한 피해를 겪었다. 삼국시대에 화신(華信)이 흙이나 돌 1곡(斛)을 날
   라오는 자에게는 1천 전을 주겠다고 상금을 내걸고 열 달 사이에 둑을 다
   쌓았다. 그래서 전당이라고 부른다.
2) 후한(後漢)시대 동탁(董卓)이 미(郿) 땅에 세운 창고, 즉 만세오(萬歲塢)를
   말한다. 동탁이 삼십 년 이상 먹을 것을 저장하였다.

量珠聞錢塘、　　積金見郿塢。
富貴如浮雲、　　一散了如掃。
唯有醉中心、　　日月所不老。
我家酒如河、　　觥船堪一棹。
莫辭秉燭遊、　　且限千鍾釂。

죽은 딸아이를 슬퍼하며

悼小女

딸아이의 얼굴 눈송이와 같았고
총명과 지혜도 이루 말할 수 없었지.
두 살에 벌써 말할 줄 알아
앵무새의 혀보다 부드러웠고
세 살이 되자 수줍음을 알아
문밖에는 나가 놀지도 않았지.
올해에 막 네 살이 되어서
바느질도 제법 배워 가더니
어쩌다 목숨 빼앗겨 저 세상으로 갔는지
너무도 갑작스러워 꿈만 같아라.
자라지도 못한 새 새끼 땅에 떨어뜨렸으니
이 아비의 둥지가 너무 못났음을 알겠어라.
나야 도를 배웠으니 그런 대로 참는다지만
아내의 저 울음이야 언제 그치려나.
내 저 밭을 보니
곡식의 싹이 처음 돋을 무렵
바람이나 우박이 때아니게 덮치면
여지없이 모두들 결딴났었지.
언제는 조물주가 세상에 내놨다가
이제는 또 갑자기 조물주가 뺏어가니,
꽃 피었다 지는 것이 어찌 그리 덧없는지

세상 돌아가는 게 속임수만 같아라.
왔다 가는 게 모두 다 허깨비이니
이제는 그만일세 영원히 떠나가거라.

小女面如雪、　　聽慧難具說。
二齡已能言、　　圓於鸚鵡舌。
三歲似恥人、　　遊不越門闃。
今年方四齡、　　頗能學組綴。
胡爲遭奪歸、　　倏若駭電滅。
春雛墮未成、　　始覺鳩巢拙。
學道我稍寬、　　婦哭何時輟。
吾觀野田中、　　有穀苗初苗。
豊雹或不時、　　撲地皆摧沒。
造物旣生之、　　造物又暴奪。
枯榮本何常、　　變化還似譎。
去來皆幻爾、　　已矣從此訣。

술을 마시는 어린 아들 삼백에게

兒三百飮酒

1.

너 어린 나이에 벌써 술잔을 기울이니
몇 년 못 가 창자가 녹을까 두려워라.
네 아비 늘 취하는 버릇만은 배우지 마라
한평생 남들이 미치광이라 놀린단다.

汝今乳齒已傾觴。　　　心恐年來必腐腸。
莫學乃翁長醉倒、　　　一生人道太顚狂。

2.

내 한평생 망친 게 모두 다 술 탓인데
너까지 좋아할 건 또 웬일인가.
삼백이라 이름 지은 걸 이제야 뉘우치나니
날마다 삼백 잔씩 마실까 두려워라.

一生誤身全是酒、　　　汝今好飮又何哉。
命名三百吾方悔、　　　恐爾日傾三百杯。

남쪽을 돌아다니며

1196년, 29살. 서울에 난이 일어나서 자형(姉兄)이 남쪽 여주(驪洲)로 귀양갔었다. 5월에는 공이 누님을 모시고 자형을 찾아갔었다. 이해 봄에 어머님은 상주(尙州) 사또로 부임한 둘째 사위에게 가 있었다. 6월이 공이 여주에서 상주로 가서 어머님에게 문안드렸다. 열병에 걸렸는데 몇 달 동안 낫지 않아 10월에야 돌아왔다.
시집에 실려 있는 남유시(南遊詩) 90여 편은 모두 이때 여주와 상주에서 지은 것이다.
-《동국이상국집》〈연보〉에서

시후관에서 쉬면서

憩施厚館

예전부터 소갈병이 있었지만
무더운 여름날 다시 먼 길에 나섰네.
차 한 사발 마셔 보니
시원한 얼음이 목으로 넘어가네.
솔숲 정자에서 다시금 쉬노라니
온몸에 가을 기분 느껴지건만,
어린 종놈은 내 마음 아지 못하고
오래 머문다고 나를 이상타 여기네.
내 성품 본래 활달하여
가는 곳마다 마음대로 머물렀으니,
웅덩이 만나면 가던 길 멈추고
강물을 만나면 곧 배를 띄웠었지.
여기에 머무른들 무에 나쁠 거며
저기에 간단들 무얼 얻을 건가.
널따란 천지 안에 있으니
내 인생 끝없이 즐겁기만 해라.

舊有文園病、　　　盛夏復遠遊。
試嘗一甌茗、　　　氷雪入我喉。
松軒復暫息、　　　已覺渾身秋。
童僕殊未解、　　　怪我久夷猶。

我性本曠坦、　　所至任意留。
得坎卽可止、　　乘流卽可浮。
此留有何惡、　　彼去有何求。
大哉乾坤內、　　吾生得休休。

여주에 처음 이르러서

初入黃驪 二首

2.

나그네 보따리를 정신없이 챙겨서
어려운 길 멀리멀리 건너서 왔지.
수염을 태워 가며 병든 누이 시중들고[1]
베개에 부채질하며 어머니 얼굴 생각하네.[2]
조정에선 풍진으로 암울했지만
남쪽 고을 찾아드니 세월이 한가로와라.
이 고장 참으로 오래 살 만하니
물정 모르는 이 내 몸 지내기에 알맞구나.

草草事行李、　　茫茫涉梗艱。
燎鬚隨病妹、　　扇枕憶慈顔。
上國風塵暗、　　南州日月閑。
此邦堪土着、　　端稱養疎頑。

■
* 이때 어머니는 상주에 가 있었다.(원주)
1) 당나라 이적(李勣)이 높은 지위에 있으면서도 자기 누이가 앓으면 반드시
   자기가 불을 때서 죽을 쑤어 먹였다. 한번은 그만 수염까지 태웠다.
2) 후한(後漢) 때의 효자 황향(黃香)은 아홉 살 때에 어머니를 잃었지만, 아
   버지를 잘 받들었다. 여름이면 아버지의 베개에 부채질하여 시원하게 해
   드렸고, 겨울이면 아버지의 이불 속에 들어가 따뜻하게 해드렸다.

요성 역마을에서

書聊城驛樓上

흥이 나면 말을 몰고 피곤하면 편히 쉬니,
한가롭게 나를 놓아 준 천지에게 감사드리네
서글퍼라, 역마을의 머리 흰 아전이여
일생을 모두 말발굽에 내맡겼구나.

興來命駕困來安。　　多謝乾坤放我閑。
可惜郵亭白頭吏、　　一生都擲馬蹄間。

■
* 이때 늙은 아전이 말에서 떨어져 앓고 있었다.(원주)

배 안에서

舟中又吟

붉은 고기는 여울에서 잡아오고
막걸리는 강가 주막에서 받아왔네.
이 몸이 차츰 어부와 친해져
안개 덮인 강 밤비 속에 취해 누웠네.

紅鱗得自灘流、　　　　白酒賒來沙戶。
此身漸狎漁翁、　　　　醉臥烟江夜雨。

원흥사에 들어가 친구 스님에게
是日入元興寺見故人珪師贈之

장안에서 함께 놀던 옛일을 헤아려 보니
벌써 열네 해나 되었구려.
서른이 안 된 그대는 혈기왕성해서
나는 기러기라도 따를 수 있다 했지.
나 또한 검은 머리에 가장 나이 어려
번개처럼 번쩍이는 눈동자 왕융[1] 같았지.
헤어진 뒤론 구름처럼 흩어져 어디 있었던가
사해 풍진에 쌍으로 굴러다니는 쑥대였었지.
서로 만나 한번 웃고 구리인형을 어루만지며[2]
눈물이 솟아 말 못지만 그 뜻은 끝이 없네.
스님은 벌써 옛 얼굴이 아니라
소나무 위에 늙은 학처럼 여위었고,
나 또한 늙은 데다 마음 또한 좁아져서
무지개 같던 옛날 기백이 이제는 없다오.

---

1) 진(晉)나라 죽림칠현(竹林七賢)의 한 사람.
2) 후한(後漢) 때 신선술을 배웠던 계자훈(薊子訓)이 패성에서 한 노인과 구
   리인형을 어루만지며, "이것을 만들 때 보았는데, 벌써 오백 년이나 되었
   다"고 하였다.

가슴에 쌓인 말 다 하지 못하고 서로 슬퍼만 하다가
산 중턱에 해 지는 것도 깨닫지 못했네.
인생의 한 세상 잠깐이거니
명예와 이익을 빨리 내버리고 지공[3]스님을 따르리라.

憶昔共遊長安中。　　　算來一十四春風。
君時氣壯未三十、　　　一身謂可趂飛鴻。
我亦鬢綠最年少、　　　眼電爛爛如王戎。
別來雲散各何處、　　　四海風塵雙轉蓬。
相逢一笑撫銅狄、　　　迸淚無言意不窮。
師今已非昔日容、　　　瘦與松頭老鶴同。
我亦老大心轉縮、　　　無復昔日氣如虹。
論情未終各悽惻、　　　不覺半峰斜日紅。
人生一世須臾爾、　　　早謝名利從支公。

■
3) 진(晉)나라의 고승으로, 이름은 지둔(支遁), 자는 도림(道林)이다. 지형산
   (支硎山)에 은둔하여 독서하다가 25세에 출가했는데, 사람들이 지공(支
   公), 또는 임공(林公)이라 하였다. 《장자(莊子)》와 《유마경(維摩經)》에 통
   달하고, 당시의 명사인 사안(謝安, 320~385)·왕희지(王羲之, 307~365) 등
   과 교분이 두터웠다. 이규보는 자신을 왕융에 견주고, 문인들의 친구였던
   규사(珪師)를 지공에 견주었다.

용암사 벽에 쓰다
到龍巖寺書壁上

몸이 용암에 이르니 신선세계인 듯해라.
입으로 구정 샘물을 맛보니 얼음물 같아라.
천금을 주고도 절간의 맛을 사기 어려워
산속에 비는 내리는데 한바탕 잠을 자네.

身到龍巖疑玉境、　　口嘗龜井認氷漿。
千金難睹僧窓味、　　山雨浪浪睡一場。

밤길을 잘못 들어
是日迷路夜到脇村宿

골짜기에 들어서자니 굶주린 범이 두렵고
숲속을 뚫고 가자니 자던 까마귀 놀라겠네.
서너 집 있는 산마을에서 잠을 자면서
굳이 뉘 집이냐고 물을 것 있으랴.

入谷畏飢虎、　　　穿林驚宿鵶。
三家村裏宿、　　　何必問誰家。

기생과 술을 마련해 온 벗에게

入尙州寓東方寺朴君文老崔金兩秀才携妓酒
來訪口占一首

술 들고 푸른 산 찾아든 그대들 고마워라.
눈으로 보는 사이에 감회는 끝없어라.
아직도 미친 마음 예전 버릇 그대로 있어
두 눈을 자주 들어 미인을 바라보네.

感君橋酒訪靑山。　　無限襟懷目擊間。
尙有狂心餘舊習、　　屢擡雙眼注紅顔。

* 원 제목이 길다. 〈상주(尙州)에 들어와 동방사(東方寺)에 묵는데, 박문로
　(朴文老)군과 최수재(崔秀才)와 김수재가 기생과 술을 준비해 찾아왔기
　에 한 수를 읊다〉

두 아이를 생각하며

憶二兒 二首

1.
나에게 어린 딸 하나 있는데
아빠 엄마를 벌써 부를 줄 안다네.
옷자락 끌며 내 무릎에서 장난질치고
거울을 보면 엄마 화장 흉내내네.
헤어진 지 이제 몇 달 되었나
갑자기 내 곁에 와 있는 것 같아라.
나는 본래 떠돌아다니는 선비라
혼자서 타향에 얹혀 있단다.
몇 십 일이고 술에 몹시 취하기도 하고
한 달이 넘도록 병으로 눕기도 했지.
고개를 돌려 대궐을 바라보니
우거진 산천 저 너머 아득하구나.
오늘 아침 갑자기 너를 생각하며
흐르는 눈물로 옷깃을 적신단다.
마부야 빨리 말을 먹여라
돌아가고픈 마음 나날이 바빠지누나.

我有一弱女、　　已識呼爺孃。
牽衣戲我膝、　　得鏡學母粧。
別來今幾月、　　忽若在我傍。
我本放浪土、　　落魄寓他鄉。

沉醉數十日、　　　病臥三旬强。
廻首望京闕、　　　山川鬱蒼茫。
今朝忽憶汝、　　　流淚濕我裳。
僕夫速秣馬、　　　歸意日轉忙。

2.

나에게 사랑하는 아들 하나 있으니
그 이름 짓기를 삼백1)이라 했었지.
장차 이씨 집안을 일으킬 아이라서
태어나던 저녁엔 어미를 놀라게 했지.
세상에 날 때부터 골격과 이마가 기이했고
눈이 빛난 데다 얼굴까지 희었었지.
뛰어난 세 학사께서
너의 국수 손님이 되어2)
시를 지어 아들 낳았다고 축하하니
그 글자들이 쇳돌처럼 쟁쟁했단다.

■

1) 내가 오세문(吳世文)의 삼백운(三百韻) 시에 화답하였는데, 이날 이 아이
   가 태어났기 때문에 이름을 삼백이라 하였다.(원주)
2) 아이를 낳은 지 이레 되는 날 낭중(郞中) 오세문(吳世文)·원외(員外) 정문
   갑(鄭文甲)·동각(東閣) 유서정(兪瑞廷)이 찾아와서, 시를 지어 축하하였
   다.(원주)

네게 바라노니 그 사람들 닮아서
재주와 명예가 원진·백거이를[3] 넘어서거라.
내 세상 살면서 얼굴 펼 날이 적었지만
너를 얻고 난 뒤로는 언제나 웃고 즐긴단다.
가끔 남을 대해 자랑도 하여
자기 아들 자랑하는 바보 버릇도 생겼단다.
여름이 한창이던 오월 그 달에
처음으로 장안에서 헤어졌었지.
세월만 보내며 만리 밖 나그네 되어
홀연히 붉게 물든 단풍잎을 보노라니,
시절이 날로 바꾸어 갈수록
내 병도 나날이 깊어만 가누나.
귀한 네 몸 어루만질 길이 없기에
슬프고 슬픈 마음 가슴이 아파라.

■
3) 원진(元積)과 백거이(白居易)는 중당(中唐)의 대표적인 시인으로 원백(元
白)이라 불렸는데, 원진이 〈백씨장경집서(白氏長慶集序)〉에서 "백거이는
말을 처음 배울 때 '之'·'無' 두 글자를 구별하였고, 말을 다 배우고 나서
는 부지런히 독서하여 보통 아이들과 달랐으며, 5, 6세 때는 성운(聲韻)을
알았다"고 하였다. 두 사람 다 술을 잘하고, 늦게 아들을 낳았으며, 수많
은 시를 주고받아 《원백창화집》이 간행되었다.

我有一愛子、　其名曰三百。
將興指李宗、　來入驚姜夕。
爾生骨角奇、　眼爛面復晳。
磊落三學士、　作爾湯餅客。
綴詩賀弄璋、　詞韻鏘金石。
願汝類其人、　才名轢元白。
我生少展眉、　得汝長笑謔。
往往向人誇、　始得譽兒癖。
仲夏五月天、　初別長安陌。
遷延客萬里、　忽見霜葉赤。
時節日遷代、　我病日云劇。
無由撫犀顱、　惻惻傷胸膈。

구일에 자복사를 찾아가서
늙은 주지와 술을 마시며

九日訪資福寺住老留飮

흰옷 입은 심부름꾼[1] 문 앞에 뵈질 않아
혼자 절간을 찾아가서 술을 구했네.
꽃가지 머리에 꽂고 입엔 향내 넘치나[2]
저 국화도 헛되이 피었다고 한탄하진 않겠지.

門前不見白衣來、　　　獨向僧家索酒杯。
枝揷滿頭香滿口、　　　免敎黃菊恨虛開。

■
1) 진나라 도연명이 9월 9일에 술이 없어 하릴없이 바라보고 있는데, 흰옷 입
   은 사람이 오고 있었다. 다가온 뒤에 보니, 자사(刺史) 왕홍(王弘)이 보낸
   술 심부름꾼이었다. 도연명은 즉시 따라 마시고 취했다.
2) 구월 구일에 친지들이 높은 곳에 올라가 국화 꽃잎을 술잔에 띄워 마시고,
   수유(茱萸)를 머리에 꽂거나 수유 주머니를 팔뚝에 걸어 삿된 기운을 물
   리쳤다.

시를 지어 달라는 벗에게

書記使名妓第一紅奉簡乞詩走筆贈之

1.

사내의 마음도 계집 마음이 되어
헤어지는 마당에선 눈물이 옷깃을 적시네.
나그네 보따리가 비어 선물 줄 게 없지만
나의 이 시 한 수가 천금을 당하리라.

男兒心作女兒心。　　　臨別殷勤淚洒襟。
旅橐空來無長物、　　　投詩一首當千金。

모르는 스님이 술상을 차리고 위로하기에

十九日宿彌勒院有僧素所未識置酒饌慰訊以
詩謝之

멍에를 풀고 낡은 절간에 들어섰지만
마른 입술을 축일 길이 없었다오.
시인의 어깨는 가을 산처럼 솟고
나그네의 한은 깃발처럼 바람에 흔들렸는데,
예전에 알지 못하던 우리 스님께서
기쁘게 나와서 맞아 주셨네.
푸른 빛 계피주 잔질하여 향기롭고
가을 배의 붉은 빛도 깎여서 사라지니,
영첩의 굶주린 배를 요기해 주고는
사마상여의 소갈증까지도 위로해 주셨네.
요즘 사람들의 사귀는 모습 스님께선 보셨는지,
마치 가을 구름처럼 바람에 흩날린다오.
어제는 찰떡같이 한마음으로 맹세하고
오늘 아침엔 서로들 원수처럼 쳐다본다오.
스님께서는 아직도 예전 풍도가 남아 있어
그 이름 원공[1]보다도 더 뛰어나네.

■

1) 동진(東晉) 때 여산에 백련사(白蓮寺)를 세우고 도를 닦았던 혜원법사(慧
遠法師).

평소 알지 못하던 선비를 만났지만
뜻이 합치면 멀게 여기지 않아,
나를 보자마자 예전 친구로 여기고는
나그넷길이 무료하냐고 은근히 물으셨지.
이 뜻을 어떻게 해야 갚을 수 있을는지,
좋은 시로 답례 못하니 부끄러워라.

稅駕入古院、　燥物無由澆。
詩肩秋算聳、　旅恨風旌搖。
吾師舊未識、　欣然肯相邀。
桂酒酌碧香、　霜梨剝紅消。
已療靈輒飢、　復慰相如痟。
君看今人交、　有似秋雲飄。
膠漆誓昨日、　胡越視今朝。
多師有古風、　名與遠公超。
遇士雖非素、　意合不謂遼。
見我如舊執、　殷勤訊無憀。
此意何以報、　愧無答瓊瑤。

벼슬을 얻으려고

저는 우둔한 자질로 일찍이 과거에 합격한 지가 벌써 8년이
지났지만 일명(一命)의 벼슬도 얻지를 못했습니다. 이제 은
문(恩門)의 상국(相國) 각하께서 전부(銓部)의 권한을 맡아
선비들의 정감(精鑑)이 되셨음을 듣고 그냥 물러설 수 없어
서, 감히 저의 포부를 펼 기회를 구하고자 합니다. … 옹졸한
사람을 거두시어 지방관의 소임을 맡겨 보시기 바랍니다.
– 1197년, 재상 조영인에게 보내는 시의 인(引)에서

평장사 임유에게 벼슬을 구하며
上任平章

제가 문하에 있은 지 오래 되었습니다. 나이가 서른이 넘도록
한산한 처지에 놓인 채로 오직 공명을 세울 날만 기다렸으나,
도리어 길 잃은 사람이 되었습니다. 상국 각하의 어지신
덕이 아니라면 그 누가 돌봐 주겠습니까? 평원 땅의 한 마리
독수리를[1] 곧 추천하여, 먼저 잡은 고기를 슬퍼하던
용양군(龍陽君)[2]이 되지 않게 하여 주시기 바랍니다.

여러 대 명문 집안의 후예로
세 조정의 손발 같은 신하가 되니,
주 강왕(康王)이 백부라 부른 높은 처지요
한 소렬(昭烈)이 중히 여긴 종신의 지위일세.
훌륭한 풍채는 세상에 빛나고
아름다운 문장은 한 시대에 울렸네.

■
1) 뛰어난 인재. 공융(孔融)이 평원(平原) 사람 예형(禰衡)을 추천하는 글
   에, 아무리 사나운 새 수백 마리가 있어도 한 마리의 독수리만 못하다고
   했다.
2) 위왕(魏王)이 남색(男色)인 용양군과 함께 배를 타고 낚시질하는데, 용양
   군이 고기 열댓 마리를 낚고는 눈물을 흘렸다. 위왕이 왜 우느냐고 묻자,
   "신이 처음 고기를 낚고는 매우 기뻤습니다. 그러나 다음에 낚은 고기가
   더 컸으므로, 신은 먼저 낚은 고기를 곧 버리고 싶었습니다. 신이 지금은
   대왕의 잠자리를 받들고 있지만, 천하에는 미인들이 많은지라 대왕께서
   신을 사랑하심을 알게 되면 대왕에게 올 것입니다. 그러면 신도 먼저 잡
   은 고기처럼 버려지게 될 것이니, 어찌 눈물을 흘리지 않겠습니까?" 하
   였다.

예부터 장열(張說)의 인장 전해 오고
일찍이 왕언승(王彦昇)의 은인 찾으니,
벼슬은 상국이라는 귀한 자리에 있다지만
몸은 아직도 검은 머리의 젊은이일세.
급제한 인재는 재량을 펴고
옹졸한 사람도 출세를 꾀한다지만,
나는 겨우 농 안의 약³⁾이나 될 뿐이지
어찌 큰 선비의 자리에 끼어들리까.
동문 가운덴 출세한 사람 많다지만
나 혼자 가난한 살림으로 떨어졌으니,
나이 서른 되도록 벼슬도 없는 나그네
이리저리 떠돌아다니는 사람일세.
안회(顔回)의 바가지엔 맹물만⁴⁾ 들어 있고
범염(范冉)의 솥 안엔 먼지만⁵⁾ 쌓였으니,

■

3) 적인걸(狄仁傑)이 정원담(貞元澹)에게, "그대는 바로 나의 농 안의 약과
   같으니, 하루도 없어서는 안 된다" 하였다. 문객(門客)을 뜻한다.
4) 공자(孔子)가 말하기를 "어질다, 안회여! 한 그릇 밥과 한 바가지 물로 누
   추한 시골에서 살면 다른 사람은 그 걱정을 견디지 못하건만, 안회는 도
   를 즐기는 마음을 변치 않으니, 어질구나, 안회여![賢哉、回也! 一簞食、
   一瓢飮、人不堪其憂、回也不改其樂、賢哉、回也!]" 하였다.《논어(論
   語) 옹야(雍也)》
5) 한나라 때 범염(范冉)이 내무현(萊蕪縣)의 장(長)이 되었는데, 생활이 아

단련한 쇠붙이를 그 누가 그릇 만들어 주실까
비틀비틀 걸으면서 나루터를 물으리다.
먼저 잡은 고기 버리지 말고
임금을 뵙게 해주시면 얼마나 다행이리까.

累葉衣冠後、　　　三朝肺腑親。
周王呼伯父、　　　漢帝重宗臣。
瑞世龍章煥、　　　鳴時玉韻新。
舊傳張相印、　　　早縮彥昇銀。
位已黃扉貴、　　　身猶綠鬢春。
飛鷺曾放手、　　　跛鱉亦攀鱗。
但備籠中藥、　　　何參席上珍。
同門多振躍、　　　唯我落寒貧。
三十無官客、　　　東西浪跡人。
顏瓢空有水、　　　范釜久生塵。
鍛鍊誰成器、　　　傔停尙問津。
前魚如不棄、　　　何幸達楓宸。

■
　　주 청빈하였다. 당시 사람들이 노래하기를, "시루에 먼지가 이는 범사운
　　이요, 솥에 고기가 사는 범내무일세.[甑中生塵范史雲 釜中生魚范萊蕪]"
　　라 하였다. 사운은 범염의 자이다.《후한서(後漢書)》권81〈독행열전(獨行
　　列傳) 범염(范冉)〉

나의 옛이름 물어보게나

和宿天壽寺

온갖 꽃 다투어 피게 되면
그대와 함께 취하려 했는데,
이 좋은 철에 까닭 없이 눈물로 헤어지고
어지러운 산속 어느 곳으로 섭섭히 떠났는가.
노동(盧仝)은 오천 권의 문자를 남겼고
육구몽(陸龜蒙)의 생애도 삼십 간의 집뿐이었지.
젊은 시절에 내가 노닐던 곳이니
그곳 사람 만나거든 나의 옛이름 물어보게나.

百花相倚鬪輕盈。　　準擬同君醉太平。
嘉節無端揮淚別、　　亂山何處皺眉行。
玉川文字五千卷、　　魯望生涯三十楹。
曾是少年爲客處、　　逢人問我舊姓名。

눈 속에 친구를 찾아갔으나 만나지 못했기에
雪中訪友人不遇

눈빛이 종이보다 희길래
말채찍을 들어서 내 이름을 써 두었네.
바람이여 이 눈바닥 휩쓸지 말고
주인이 돌아오기를 기다려 주게.

雪色白於紙、　　　　擧鞭書姓字。
莫敎風掃地、　　　　好待主人至。

박생의 아들 죽음을 슬퍼하며*
悼朴生兒兼書夢中事

꿈이라고 어찌 징조가 없으랴
일이 나려면 먼저 참언이 있다네.
돌이켜 생각하니 어젯날 한밤중에
베개를 베고서 잠이 깊이 들었는데
자네가 꿈속에 와 임춘의 묘지명을 부탁했었지
깨고 나니 참으로 너무 이상했다네.
어제 자네가 와서 아들 죽은 이야길 하며
눈물 자욱이 늙은 뺨에 남았으니,
꿈속의 일을 생각해 볼수록
이것이 아마도 정신의 교감(交感) 아니겠나.
자네 아들이 겨우 여섯 살인데
눈이며 이마가 꼭 자네를 닮았었지.
어떤 작자가 빼앗아갔단 말인가
아마도 귀신의 못된 장난이겠지.

■

* 임춘(林椿)이 죽은 지 24년 되는 1198년 6월 25일 밤 꿈에 이규보의 친구 박환고(朴還古)가 와서 "임선생의 묘지명을 써달라"고 하였다. 꿈이 깨고 이튿날 박생이 와서 "어제 내 아이가 죽어 임춘의 무덤 옆에 장사 지내고, 선생의 시를 한 편 얻으러 왔다"고 하였다. 그래서 이규보가 이 시를 지어 위로해 주었다.

현리(玄理)를 강론하던 동오¹⁾도 일찍 죽었고
공이²⁾가 죽었을 땐 외곽이 없이 염습했네.
오래 살고 일찍 죽는 게 모다 하늘에 달렸으니
자네여 부디 상심하지 말게나.
부인께선 혹시 병이라도 나지 않으셨는지
자식 많으면 참으로 귀찮다네.
임춘의 무덤 옆에 장사 지냈다니
일찍 죽었다고 너무 서운할 것 없겠네.

夢豈自無徵、	事或先有識。
憶昨夜方午、	睡熟邯鄲枕。
君來乞人銘、	及寤良怪甚。
子來告兒亡、	淚暈餘老臉。
因思夢中事、	莫是精神感、
君兒方六齡、	眉目得君範。

■

1) 한(漢)나라 양웅의 아들인 신동(神童) 오(烏)를 가리킨다. 무척 총명하여
   웅이 논한 현문(玄文)에 일곱 살에 참여했지만, 불행히도 아홉 살에 죽
   었다.
2) 공자의 아들 공이(孔鯉). 그가 죽었을 적에 공자가 가난하여 외곽이 없어
   내관(內棺)만 써서 장사지냈다.

何物奪之去、　　　無奈鬼橫偕。
預玄童烏亡、　　　無椰孔鯉殮。
壽殤皆關天、　　　子幸勿爲念。
細君苟無恙、　　　立竹眞可厭。
葬隣林君墩、　　　雖夭未爲慊。

붓을 달리며 시를 지어 위지식(威知識)*에게 드리다

走筆贈威知識

지난번 큰스님을 찾아뵙고 어울릴 적에
공(空)과 유(有)를 얘기하며 저녁까지 놀았었죠.
이때 우연히 뵌 늙으신 스님
해진 장삼 반쯤 걸쳤다지만 수없이 꿰맸더군요.
어찌 그대가 부처님의 적통 아니겠는가
눈 마주치자마자 말 안 해도 벌써 알았죠.
등불 돋우고 다가앉아 얘기와 웃음 나누노라니
시원한 그 말솜씨 눈보라 치는 듯했죠.
스스로 말하길 천태의 지관¹⁾을 배워
팔교와 오시²⁾를 대충 연구했노라고
일찌기 세상 명리에서 벗어났으니
고기와 새를 조롱이나 연못에 가둘 수는 없었죠.

■

* 이름은 차위(次威)인데, 명리를 버리고 천태종에 귀의했다.(원주)
1) 천태종은 수(隋)나라 때 절강성 천태산(天台山)에서 지자대사(智者大使)
   가 창립하였다. 지·관은 불교에서 정(定)·혜(慧)를 닦는 중요한 두 가지
   방법이다. 지는 정적(靜的)으로 망념을 거두어 마음을 한곳에 집중하는
   것이고, 관은 동적(動的)으로 지혜를 내어 진여(眞如)에 계합하는 것을 말
   한다.
2) 팔교는 천태종의 화의(化儀) 4교와 화법(化法) 4교를 합한 것이다. 오시
   (五時)는 부처의 50년간 설교를 화엄시(華嚴時)·아함시(阿含時)·방등시
   (方等時)·반야시(般若時)·열반시(涅槃時)로 나눈 것이다.

하루아침 용단을 내 청산 백운 속으로 들어가
솔잎을 따 먹으며 주린 배를 채우다가
갑자기 홀어머니가 중병에 걸렸단 소식 듣고
먼 길에 발바닥 부르트며 서울로 돌아오셨다지요.
황황급급히 치료하리라 생각하면서
금궤에서 비방 꺼내는 대물림 의원 못 만난 걸 한탄했기에
세상 사람들은 그 까닭도 아지 못하고
왜 그리 바쁘냐고 비웃었다죠.
나의 붉은 하의(霞衣)를 돌아보니
홍진이 많이 묻어 더러웠었죠.
홍진에 오래 머물 수도 없고
녹라를 속일 수도 없어,
며칠 뒤엔 지팡이 짚고 산으로 돌아가야 되니
오늘은 자네하고 밤새도록 맘속을 애기하자시기에,
손을 맞잡고 곁방살이 내 집으로 와서
나물 데치고 저녁밥 차려 닭 울도록 애기 나눴죠.
나더러 내일 다시 와 달라는 부탁을
문밖을 나서면서 똑똑히 들었다오.
이튿날 아침 비는 억수처럼 쏟아지는데
나는 어젯밤 약속 어기지 않으려고
진흙 헤치고 빗물 밟으며 찾아가 문 두드리니

눈썹 펴고 손잡아 주며 웃는 얼굴로 맞아 주었죠.
그 자리엔 게다가 하수재까지 있어
셋이서 마주 앉아 얘기바람에 피로도 잊었죠.
단지 안에 술이 있어 몹시도 향기로운데
스님은 마시지 않고 내게만 자꾸 술잔 돌렸죠.
밤 깊자 술상 치우고 찻잔을 꺼냈는데
밝은 달이 문으로 스며들어 우릴 엿보았다오.
날이 밝으면 스님은 떠나갈 텐데
나만 어찌 명리에 얽매일 건가,
모시고 떠나도록 허락만 해준다면
붉은 언덕 푸른 산에서 함께 노닐고파라.
스님께선 원공이 광산에 머물던[3] 일을 모르시는지
도연명 육수정과 어울려 놀았다오.

憶昨往拜和闍梨。	談空說有夕景移。
是時偶見老尊宿、	破衲半肩縫萬絲。
子豈佛隴的孫歟、	目擊不信心自知。
挑燈相近接談笑、	口風吹却雪山欷。

■
3) 원공(遠公)은 진(晋)나라 고승 혜원법사(慧遠法師)인데, 광산에 머물 적에
   도 연명·육수정(陸修靜)과 어울려 놀았다.

自信天台學止觀、粗窮八教與五時。
早年抽身名利門、有如魚鳥不可囚籠池。
一朝勇去青山白雲裡、採松食葉聊充飢。
忽聞孀母嬰沉瘵、百舍重繭來洛師。
遑遑汲汲思療理、恨不遇金樻探方三世醫。
世人殊未解、應笑浪奔馳。
顧我赤霞衣、多被紅塵緇。
紅塵不堪久、綠蘿不可欺。
振錫還山無幾日、要與吾子專夕論心脾。
相將握手到僑居、烹蔬晚食話到雞喔咿。
囑予明日復見訪、出門丁寧聞此辭。
明朝有雨如倒河、我尙不欲孤前期。
撥泥踏水來叩局、撫掌迎笑欣揚眉。
坐客況有何秀才、錯腳相對語忘疲。
樽中有酒香酷烈、師雖不飲勸我頻巨卮。
夜深輟飲開茗席、明月入戶偏相窺。
明發師當去、我豈獨受名韁縻。
若許陪杖屨、且向丹崖碧嶂同栖遲。
君不見遠公在匡山、亦容陶陸相追隨。

어려움을 겪고서야 세상 물정을 알았네

偶吟二首有感

1.

졸(拙)하고 직(直)한 것이 타고난 천성이니
어려움을 겪고서야 세상 물정을 알았네.
문을 닫아 걸어 찾아오는 사람 물리치고
술을 빚어선 아내와 마주 앉아 마시네.
이끼 낀 오솔길엔 인적이 드물고
소나무 동산엔 새소리마저 없건만,
전원으로 돌아갈 계획 늦어만 가니
진나라 도연명에게 부끄러워라.

拙直由天賦、　　艱難見世情。
杜門妨客到、　　釀酒對妻傾。
苔徑少人跡、　　松園空鳥聲。
田園歸計晚、　　慚愧晋淵明。

좌간의(左諫議) 이계장(李桂長)에게
벼슬을 구하며*

上左諫議李桂長

명문 집안에 경사 끊임이 없어
봉황의 둥지에서 봉이 나섰어라.
붉은 이무기가 꿈틀거리는 글씨에
오색 교룡이 토해낸 문장일세.
좋은 쇠는 대장장이의 솜씨 뛰어났고
날쌘 칼은 신통한 백정의 재주까지 빼앗았네.
높은 벼슬은 삼독[1]에 올랐고
순후한 인품으로 오교[2]를 눌렀으니,
사람됨은 용이 바다에서 날아오르는 듯하고
시는 호랑이가 하늘을 향해 우는 듯해라.

---

* 저는 천지 사이에 한낱 변변치 못한 인간입니다…… 삼가 운을 따라 제랑(諸郎)들의 덕을 기르는 오언시(五言詩) 한 수씩을 각각 지어 편지에 깨끗이 연서하여 여러분께 바치고 감사를 드립니다. 다시 간절히 바라옵기는, 제랑·학사(學士)께서는 전에 추천한 말을 희롱이라 마시고 반드시 좋은 벼슬을 저에게 내려 주시어 그 은혜를 끝내 받도록 해주소서. 황송한 마음 이루 다 아뢸 수 없습니다. [내성(內省)의 제랑에게 올리는 서(序)]
1) 어사대부(御使大夫)·상서령(尙書令)·사예교위(司隸校尉)는 조회 때에 따로 앉기 때문에 삼독좌(三獨坐)라고 한다.
2) 다섯 가지 사귐. 즉 세교(勢交)·회교(賄交)·담교(談交)·궁교(窮交)·양교(量交)를 말한다.

사람 보는 밝은 눈은 뱃속에 거울이 있는 듯하고
넓은 아량으로 누구든지 받아들이네.
갈대가 옥수(玉樹)에 의지하도록[3] 허용해 주오.
혜초(蕙草)가 버림받아 띠풀이 된대서야 되겠소.
물 한 말이면 죽으려는 붕어가 살아날 테니
구슬 같은 눈물 흘리는 이 몸을 생각해 주오.
땅 속에 묻힌 칼처럼 되게는 마소서.
내가 어찌 조롱박처럼 매달려만[4] 있겠소?
나를 알아주신다고 벌써부터 믿어 왔으니
벼슬길에 오르는 거야 무엇 하러 점치리까.

■
3) 위명제(魏明帝)가 황후의 아우 모증(毛曾)을 하후현(夏詡玄)과 함께 앉게
하니, 그때 사람들이 "갈대가 옥수에 의지하였다"고 말했다. 변변치 못한
사람이 훌륭한 사람에게 의지한 것.
4) 공자가 필힐(佛肸)의 부름을 받고 가려고 하니, 자로(子路)가 말렸다. 그러
자 공자가 "내가 어찌 조롱박과 같겠는가, 어찌 한 곳에 매달린 채 먹지도
못하고 지낼 수 있단 말인가.[吾豈匏瓜也哉、焉能繫而不食?]"라고 하였
다.《논어(論語) 양화(陽貨)》

名家餘慶遠、　鳳出鳳凰巢。
彩筆浮紅蜃、　華文吐縟蛟。
良金富大治、　恢刀奪神庖。
峻級超三獨、　淳風鎭五交。
人龍凌海躍、　詩虎動天咆。
明鏡妍嫤別、　洪溟巨細包。
尙容蒹倚玉、　那遺蕙爲茅。
斗水如霑鮒、　盤珠想泣鮫。
莫敎埋似劍、　吾豈繫如匏。
已恃知音幸、　何煩筮仕爻。

보광사에서 귤과 홍시를 대접받고*

이십여 년을 떠돌아 다니느라고
날마다 티끌만이 창자에 꽉 찼었는데,
깨끗한 얘기를 하룻밤 들으니
어느새 온몸이 다 시원해졌어라.
게다가 소반에는 과일까지 가득 담겨
하나하나 모두가 선향(仙香)을 풍기네.
기이하여라, 동정의 귤이여
옥 같은 살에선 시원한 즙이 나오네.
내가 바로 이형의 후손이니[1]
이걸 내가 맛보는 게 당연하겠지.

■

* 이 시의 원제목이 무척 길다. 〈이날 늦도록 술을 마시다가 잠깐 쉬었는데, 겨우 서너 사람만 마주 앉아 차를 마셨다. 곧 한밤이 되어 오래 앉았느라고 몸이 피곤했으며, 졸음이 눈을 가렸다. 스님이 나가서 귤·모과·홍시를 가지고 와서 손님들을 대접하였는데, 한번 씹자마자 나도 모르는 사이에 졸음이 벌써 가버렸다. 조금 있다가 사미를 부르니, 사미는 코만 골고 대답이 없었다. 그러자 스님이 웃으며 방으로 들어가 손수 좋은 술 한 병을 가지고 나오니, 자리에 있던 손님들이 모두들 껄껄대고 웃었다. 그래서 서너 잔씩 마시며 차츰 조용한 가운데 즐거워졌다. 평생에 이처럼 재미있는 놀이가 다시 있을 것 같지 않다. 그래서 시 한 편을 지어 오늘밤의 일을 기록한다.〉
원문 제목이 무척 길어서 처음과 마지막 몇 글자만 소개한다. 〈是日飮闌 小息… 以記一宵之事爾〉
1) 이형이 오(吳)나라 단양태수(丹陽太守)로 있을 적에 감귤 일천 그루를 심었다.

서리 맞아 말랑말랑해진 홍시는
너무나 붉어 눈이 부셔라.
예쁘기도 하지, 이 붉은 용의 알이
까마귀 떼에게 먹히지 않았구나.
반쪽 뺨이 불그레한 모과는
점점이 칼 끝에 떨어진다네.
이 융숭한 대접을 어떻게 갚을 거나
좋은 경거2) 없는 게 부끄러워라.
시원한 맛이 잇몸에 남아 있으니
마치 눈 내린 고을에 서 있는 것 같아,
오늘밤 이렇게 재미있는 일을
한평생 두고라도 어찌 잊을 건가.

二紀落浮遊、　　塵土日滿腸。
一聞淸夜話、　　已覺渾身霜。
何況滿盤菓、　　一一餘仙香。
奇哉洞庭橘、　　玉腦流寒漿。

■
2) 경거는 아름다운 옥인데, 남에게 보답하는 좋은 선물의 뜻이다.

我是李衡後、　　此味宜我嘗。
霜肺肌肉脆、　　殷赤眩目光。
愛此赭虯卵、　　不入金烏場。
木瓜紅半頰、　　片片落銛鎩。
珍投何以報、　　愧無瓊玖將。
餘寒在牙齒、　　似入冰雪鄉。
適意一宵樂、　　平生安敢忘。

눈이 있어도 눈물 못 흘리니

感興

혀가 있다지만 말 못하고
눈이 있다지만 눈물 못 흘리니
그 뉘라서 내 마음 알아 줄는지
종일토록 혼자서 답답키만 해라.
어찌 내 한 몸 추운 걸 위해
누더기옷도 못 걸칠까 걱정되서며
어찌 내 한 몸 굶을 걸 위해
나물밥도 못 먹을까 걱정되서랴.
걱정하는 마음 너무나 깊어
발 모으고 하늘만 쳐다보고 섰어라.
하늘 쳐다볼수록 마음 아픈 것은
북두가 너무 멀어 만져 볼 수 없어서라네.
누구는 관인(官印)을 주렁주렁 찼고
누구는 관 쓴 게 높기도 하니,
어살에 있는 사다새는 부리도 젖지 않았는데[1]
단혈에 있는 봉황새는 날개를 움츠렸어라.[2]

■

1) 《시경》〈후인(候人)〉에 있는 구절. 소인이 조정에 있음을 비유했다.
2) 벼슬에 있는 자가 직분을 제대로 수행하지 못하거나, 군자가 출세하지 못
   했음을 비유했다. 《시경》〈후인(候人)〉에 "사다새가 어살에 있으니 그 부
   리를 적시지 않도다.[維鵜在梁 不濡其味]"라고 하였다.

함정을 일찍 제대로 파지 않아서
승냥이와 호랑이가 고을마다 가득하니,
가의는 두 가지를 눈물 흘렸고[3]
정공은 열 가지 조짐을 논했었지.[4]
강개한 이 두 분의 마음을
요즘 사람 그 누가 이어받을까.
아아, 다시 말하기도 어려워라
소인배들이 귓속말로 소곤거리니.

有舌不可掉、　　有眼不可泣。
誰能測予懷、　　竟日空悒悒。
豈爲我身寒、　　藍縷憂難緝。
豈爲我腹空、　　蔬食憂不給。
所憂意殊深、　　疊足仰天立。
仰天益自傷、　　北斗不可挹。

■

3) 가의가 한(漢)나라 양태부(梁太傅)로 있을 때, 시정(時政)을 걱정하면서
　 "통곡할 일이 한 가지 있고, 눈물 흘릴 일이 한 가지 있다"고 상소하였다.
4) 당나라 정국공(鄭國公) 위징(魏徵)이 몇 가지 조정에 대해 깊이 생각하라
　 고 열거하면서 당태종에게 상소하였다.

何客印纍纍、　　何人冠岌岌。
梁鶇咮不濡、　　穴鳳羽長戢。
檻井不早嚴、　　豹虎滿州邑。
賈誼流涕二、　　鄭公論漸十。
慷慨二子心、　　今者知誰襲。
嗚呼難重陳、　　兒小言咠咠。

옛벗 김철을 찾아가 놀며
六月十七日訪金先達轍用白公詩韻賦之

자네가 부러워라, 아직도 소년 같아
서늘한 모습이 바람을 맞고 선 나무이지만,
나는 서글퍼라 차츰 늙어만 가니
다 빠진 머리털 셀 만큼 드물어라.
서로 만나 웃으며 손꼽아 헤아리니
이십 년 세월이 참으로 번개 같아,
그 옛날 어울려 놀던 친구들
구름처럼 흩어져 어디 있을까.
이제는 우리 둘만 겨우 남아서
옛날 같은 얼굴로 마주 앉았지만,
서울 안에서 함께 노니느라고
깨끗하던 옷차림만 풍진에 더럽혔어라.
한 달 동안 지리하게 하늘 덮은 장맛비로
나무 들어찬 숲에 연기가 낀 저녁 무렵,
이때에 자네를 찾아왔는데
차마 작별하고 어찌 떠나겠나.
자네 집 술 덕분에 흠뻑 취해서
선비 차림 실수한 것도 난 잊었으니,
세상 얘기라면 아예 치우게나
가는 곳 모두가 맹문¹⁾ 길이라네.

羨君猶少年、　　蕭洒臨風樹。
嗟我漸素秋、　　衰髮稀可數。
相逢笑彈指、　　二紀眞電露。
昔年交遊輩、　　雲散各何處。
唯殘二人在、　　顔色坐成故。
共遊京洛中、　　風塵化衣素。
三旬密雨天、　　萬木蒼煙暮。
此時訪君來、　　何忍辭君去。
借君醉鄕留、　　忘我儒冠誤。
愼莫談世緣、　　俱是孟門路。

■
1) 맹문은 하남성(河南省)에 있는 산인데, 춘추시대 진(晉)나라의 요새로 유
　명하다. 황하가 산지에서 평지로 흘러 들어가는 곳에 있는데, 황하가 이
　산에 막혀서 자주 범람하기에 험난한 지역을 뜻하는 말로 쓰인다.

식탁에 고기가 없구나*

彈鋏歌

식탁에 고기가 없구나, 식탁에 고기가 없어
칼 두드리며 서글픈 노랫소리 격렬키도 해라.
가을배추와 나물로 겨우 뱃속 채울 뿐
가시 많은 피래미도 얻어먹을 수 없어라.
깊은 강물에 방어와 잉어가 어찌 없겠는가
옥척과 은칼처럼 제멋대로들 뛰놀 텐데,
서글퍼라, 비린 음식을 꼭 좋아해서가 아니라
고기 먹는 귀인 반열에 참여할 계제가 없구나.
식탁에 고기가 없다고 나무에 올라 구할 건가,
슬프고도 슬퍼라, 낚시마저 곧다니.[1]
칼 두드리며 부르는 노래도 그만두어야지
맹상군 없는 세상 그 뉘가 알아줄까.

■

* 제(齊)나라 사람 풍환이 가난하여 맹상군에게 의탁해 있었는데, 채소 반찬만을 먹게 하였다. 풍환이 기둥에 기대서서 칼을 두드리며 "긴 칼을 찬 사람아 돌아가거라. 식탁에 고기 반찬이 없구나"라고 노래하였다.

1) 강태공이 문왕을 만나기 전에 숨어 살며 낚시로 소일했는데, 곧은 낚시를 썼다. 이는 때를 기다리는 데에 뜻이 있었지, 고기를 잡으려 한 것이 아니다.

食無魚食無魚、　　　　彈鋏哀歌聲激激。
秋菘秋薇粗充腸、　　　多骨細鰷猶未得。
深江豈無魴與鯉、　　　玉尺銀刀亂跳擲。
所嗟不必慕腥膾、　　　但恨無階參肉食。
食無魚緣木求、　　　　嗟哉嗟哉釣又直。
彈劍之歌且可停、　　　世無孟嘗誰復識。

최충헌 댁에서 석류꽃이 피었다고 나를 불러 시 짓게 하다

己未五月日知奏事崔公宅千葉榴花盛開…

흰 얼굴에 처음으로 술기운 올랐는지
발그레한 빛이 온통 감도네.
겹친 꽃잎이 선녀의 나래처럼 아름다워
어여쁜 자태가 손들의 마음 설레게 하네.
향 피운 듯 맑은 날엔 나비 모이고
불빛 흩어진 듯, 밤에는 새들이 놀라네.
예쁜 빛 아끼어 늦게 피라 시켰으니
조물주의 그 마음 뉘라서 알 건가.[1]

玉顔初被酒、　　紅暈十分侵。
葩複鍾天巧、　　姿嬌挑客尋。
蒸香晴引蝶、　　散火夜驚禽。
惜艶敎開晩、　　誰知造物心。

■
* 원 제목이 무척 길다. 〈기미년 오월 어느 날에 지주사 최공(崔公 : 나중에 진강공이 되었다– 원주)댁에 천엽(千葉) 석류꽃이 활짝 피었는데 세상에 보기 드문 것이라서 특별히 내한(內翰) 이인로·내한 김극기·유원(留院) 이담지·사직(司直) 함순과 나를 불러 시를 짓게 하다〉
1) 내가 늦게 현달함을 스스로 비유한 것이다.(원주)

시를 짓게 하심에 사례드리며*

謝知奏事相公見喚命賦千葉榴花

온갖 보물로 꾸민 주렴에 거북 껍질이 새로워
가벼운 바람 불어와도 먼지가 일지 않네.
그 누가 알았으랴 화극이 삼엄한 곳에
파리한 선비가 불려올 줄이야,
향불 심지는 훈훈히 옥 이삭 내어뿜고
술잔은 일렁여 금비늘을 만드는 곳.
동산에 푸른 나무 모두 새순 돋는 시절
뜨락의 붉은 석류도 처음 피어났어라.
티끌세상에서야 천엽 석류꽃 귀한 줄 그 누가 알겠나
하늘이 봄빛을 붙잡아 둔 게지.

■

* 서(序)가 덧붙어 있는데, 무척 길다. 〈아름답고 좋은 시절에 글 잘하는 선
비들을 많이 초청하고, 겹겹으로 헌활한 누각에 시골 선비도 함께 참석시
켰다. 참으로 꿈속처럼 황홀하고, 뜻밖이라 기쁘다. 공손히 생각하니 모
관(某官: 최충헌)은 무지개처럼 기운 솟는 담력이요, 옥같이 신통한 자품
이다. 일찍이 동해를 기울여 탁류를 저절로 맑게 하는 물결이 되었으니,
남산의 대나무를 모두 베더라도 공을 기록하는 붓이 모자랐을 것이다.…
나 같은 자는 이태백이 작약을 읊은 화려한 문체나 송경(宋璟)이 매화
를 지은 완곡한 솜씨도 없는데, 무슨 재주로 이 모임에 참여했는가, 처음
엔 눈을 크게 뜨고 머뭇거렸는데, 바로 종이를 주며 글을 지으라고 명하
였다…… (최충헌에게 칭찬을 들은 뒤에야) 비로소 선비가 귀한 것을 알았
고, 다시 공부할 마음을 채찍질하였다. 아내와 자식들도 나를 다시 보고,
벗들도 축하해 주었다. 출세길이 가까워졌으니 붕새가 삼천 리 날길 바라
고, 장수를 비는 마음 깊으니 자라가 육만 년 사는 것을 기원합니다.〉

이슬에 젖은 꽃봉오린 화장마저 촉촉 젖고
햇빛 아래선 불타는 듯 붉어져 술에 취했어라.
볼수록 사랑스러우니 꽃도 날 알고 웃는지.
내 마음 그릴 글솜씨 없는 게 아쉽기만 해라.
중성(中聖)이라 자칭한 미치광이 서막인데[1]
시 잘하고 키 작은 이신[2]이라고 잘못 안다네.
오늘 한나절은 당상의 손님 되었으니
한평생 사람들에게 자랑할 만해라.
중한 은혜 갚으려 해도 계책이 없어
천년장수 춘나무 같길 빌 뿐입니다.

百寶珠簾玳押新。　　　輕風微拂不生塵。
誰知畫戟森嚴地、　　　却喚裹衣冷瘦身。
香炷濃熏噴玉穗、　　　酒波浮動皺金鱗。

■
1) 삼국시대 위(魏)나라 사람 서막(徐邈)이 상서랑(尙書郎)으로 있을 때 금주
　령이 있었는데, 막이 술을 마음껏 마시고 취하여 "중성(中聖)이다"고 했
　다. 조조가 듣고 성을 내자 선우보(鮮于輔)가 "취객들이 술이 맑은 것을
　성인(聖人)이라 하고 술이 탁한 것을 현인이라 한다"고 했다.
2) 당나라의 시인. 몸이 아주 작았기에 단리(短李)라고도 불렀다. 재질이 뛰
　어나 등용되었지만, 뒤에 소인들의 모함으로 화란을 당할 뻔했다. 다시
　올바른 사람들의 구호로 오랫동안 공명을 누렸다.

園中綠樹渾生子、　庭畔紅榴始吐脣。
塵世那知千葉貴、　天工留作一番春。
露葩半泫粧痕濕、　日蕚深燃醉暈勻。
倫眼謾憐花解笑、　搜腸空恨筆無神。
自稱中聖狂徐邈、　誤許能詩短李神。
半日暫叨堂上客、　一生應詫世間人。
重思欲報良無計、　但祝千年壽等椿。

첫 벼슬도 곧 떼이고서

白雲
李奎報

주색을 조심하라는 벗에게

劉同年沖祺見和次韻答之

자네의 충고가 금옥처럼 귀중하기에
부임하는 도중에서 읊고 또 읊었지.[1]
차라리 태산이 무너질지언정
대장부의 마음이야 변치 않는다네.
아무리 좋은 술이 바닷물처럼 많고
아리따운 여인의 웃음 황금 같더라도,
그때는 내 마음을 알아 할 테니
자네 내 걱정 너무 말게나.

子語重金玉、　　臨行吟復吟。
大山寧倒地、　　壯士不移心。
綠蟻浮連海、　　靑蛾笑直金。
此時斟我意、　　訓誡不須深。

■
1) 같은 해 급제했던 유충기가 보내 준 시에 '주색을 경계하라'는 말이 있었
다.(원주)
그는 이때 첫벼슬인 전주목사록겸장서기(全州牧司錄兼掌書記)가 되어 부
임하는 길이었다.

고을 다스리기 즐겁다 말게

莫謂爲州樂

1.

고을 다스리기 즐겁다 말게
도리어 고을 다스릴 걱정뿐이라네.
관청이래야 시장바닥처럼 시끄러웁고
소송 문서만 산더미처럼 쌓였다네.
가난한 마을에 어찌 세금 매기겠나
감옥에 가득 찬 죄수들 보기도 안스러워라.
입가에 웃음 띨 날도 없으니
어느 세월에 태평스레 놀러 다닐 텐가.

莫謂爲州樂、	爲州乃反憂。
公庭喧似市、	訟牒委如丘。
忍課殘村稅、	愁看滿獄囚。
也無開口笑、	況奈事遨遊。

2.

고을 다스리기 즐겁다 말게
도리어 고을 다스릴 걱정만 새롭다네.
고을 아전에겐 성낸 얼굴로 꾸지람하고
상관에겐 무릎 꿇고 절 드려야지.
딸린 고을들을 봄마다 돌아보고
신령께 기우제도 자주 지내야지.
조금도 한가할 틈이 없으니
몸 빼낼 생각을 어찌 하겠나.

莫謂爲州樂、　　　爲州憂轉新。
怒顔訶郡吏、　　　曲膝拜王人。
屬郡行春慣、　　　靈詞乞雨頻。
片時閑未得、　　　何計暫抽身。

왕명을 받들어 억울한 죄수들을 살피며

奉宣旨省屬郡冤獄

임금의 따사로운 말씀 사람을 살리라 서두르시니,
황사 기운 흩어져 좋은 봄빛 되었어라.
이 길로 나가서 새장에 갇힌 새들을 모두 놓아 주어
동서에 자유로운 몸 되게 하리라.

紫殿溫言急活人。　　黃沙喜氣散爲春。
此行盡放籠中鳥、　　遺作東西自在身。

술 마실 틈도 없어라

自胎雜言 八首 3

3.
흑석천 개울가가 더위 피하기 좋고
개원루 위에 오르면 시 읊기 좋건만
관청의 일 그침 없이 밀려드는 탓으로
열흘에 한 잔 술도 마시기 어려워라.

黑石川邊堪避暑。　　　開元樓上可吟詩。
只緣官事來侵軼、　　　十日猶難倒一巵。

김회영에게 장난삼아*
戲金懷英

1.
자네를 머물게 할 꾀는 없고 자네와 헤어지긴 싫기에,
청루를 향해 기생을 불러 왔지.
이담에 서울 가면 한바탕 웃어 보세나
예쁜 얼굴 웃음에 그만 말안장을 풀었다고

留君無計別君難。　　故向靑樓喚綠鬟。
異日長安一場笑、　　玉顔才笑解歸鞍。

■
* 회영은 내 벗이다. 서울에서 찾아와 며칠 있다가 떠나는데 내가 굳이 붙
잡아도 듣지 않다가 같이 잘 기생을 불러 주자 웃으며 유숙하였다. 내가
장난삼아 두 절구를 지어 주었다.(원주)

참소를 받아 벼슬을 떼이고서
十二月十九日被讒見替發州日有作

일찍이 물러가려다 우연히 주춤거리는 새
봉급 도둑질에 염치 잊고 몸만 욕보았지.
금부에 나가 변명하고파도 어쩔 수 없으니[1]
하늘을 우러러 웃을 뿐이지 무슨 변명을 하겠나.
헐뜯은 이 그대로 있건만 그 누가 제거하랴
나의 도를 행하기 어려우니 부질없이 기린 생각에 울었네.[2]
확실히 전생에 진 빚이 있는 게지
쓸데없이 슬퍼하며 마음 상치 않으리라.

早圖斂退偶因循。　　窃祿忘羞果辱身。
詣吏自明猶未得、　　仰天大笑更何陳。
讒人尙在誰投虎、　　吾道難行謾泣麟。
的是前生曾有債、　　不須惆悵也傷神。

■
1) 나를 탄핵한 소장(疏章)이 없었다. (원주)
2) 노애공(魯哀公) 14년에 사냥하다가 기린을 잡았는데, 공자가 이를 보고
　때아닌 기린이 나왔다고 탄식하며 《춘추》(春秋)의 집필을 그만 두었다.
　도(道)가 행해지지 않는 시대를 탄식한다는 뜻.

이십구일 광주에 들어와
서기 진공도에게 지어주다
二十九日入廣州贈晋書記公度

어쩌다 박봉에 매였던 강남의 벼슬살이
고을 다스리긴 힘 부치니 어찌하겠나.
아첨을 못 배웠으니 나 자신을 꾸짖을 뿐
털끝만큼도 잘못 없으니 무엇이 부끄러우랴.
전주의 취한 꿈 이제는 놀라 깼으니
한양의 기쁜 놀이 다시금 흥겨워라.
이름난 고을의 어진 서기 찾아왔으니
깊은 시름 쏟아가며 등잔 밑에서 얘기 나누세.

偶霑微祿宦江南。　　　其奈爲洲力不堪。
未學舌柔甘自責、　　　本無毫犯亦何慚。
完山醉夢方驚罷、　　　漢邑歡遊又正酣。
賴訪名都賢管記、　　　窮愁瀉了一燈談。

114

농사꾼 되는게 내겐 어울리니

自嘲

야윈 어깨만 높고 우뚝한데다
병든 머리털은 짧고도 성기구나.
누가 너에게 혼자만 곧으라 하여
시속을 따라 처신치 못하게 했나.
모함도 거듭하면 믿게 되는 법
맑은 물속엔 고기도 오지 않는다네.
농사꾼이나 되는 게 내겐 어울리니
돌아가 호미 메고 농사나 지어야지.

冷肩高磊落、 病髮短蕭踈。
誰使爾孤直、 不隨時卷舒。
誣成市有虎、 正坐水無魚。
只合作農老、 歸耕日荷鋤。

돈 주고 벼슬 사기 부끄러워라

又次新賃草屋詩韻

5.

차라리 농사나 짓는 늙은이 될지언정
돈 주고 벼슬 사기 부끄러워라.
녹을 타 먹는 신센 우리에 갇힌 원숭이지만
세상 일 잊으니 새처럼 날 것 같아라.
깊이 숨길수록 옥은 절로 돋보이는 법
캐어가지 않는다고 난초가 어찌 슬퍼하랴.
어린아이들이 올망졸망
내 평상에 둘러앉은 것만도 기뻐라.

寧爲學稼老、　　　恥作出貲郞。
賦食籠狙類、　　　忘機入鳥行。
深藏玉自貴、　　　不採蘭何傷。
獨喜童烏輩、　　　蹁躚繞我床。

116

윤스님이 산으로 돌아간다기에

雲上人將還山乞詩

불문에선 본디 과거와 미래를 끊는 법,
헤어진다 해서 새삼 슬퍼할 게 무언가.
깨끗한 발에 붉은 티끌을 묻혀 갈까 걱정 마소
산으로 돌아가서 샘물에 씻으면 된다오.

空門本絶去來想、　　臨別何須更黯然。
莫恐紅塵隨白足、　　洗廻還有出山泉。

복고가(腹鼓歌)로 친구가
혼자 술 마심을 놀리다

腹鼓歌戲友人獨飮

그대는 보지 못했던가 부잣집 자제들이 화려한 집에서 노
는 모습을
종 치고 북 두드리며 사이사이 거문고에다 피리까지 불었지.
성서 선생만은 그렇지 않아
취하면 노래 부르며 큰 배를 두드린다네.
내 뱃속엔 수백 사람도 들어갈 수 있고
또 삼천 섬의 술도 담을 수 있다네.
기름진 밭의 쌀로 좋은 술 빚었기에
며칠 뒤에 맡아 보니 향내가 물씬터군.
틀에 걸러 진국물만 짜낼 필요 뭐 있겠나
머리에 쓴 두건 벗어 내 손으로 거르면 되지.
한번 마셨다 하면 양껏 쏟아넣고는
푸성귀나 고기로 안주를 한다네.
배는 북을 삼고 손으로는 북채를 삼아
둥둥둥 종일토록 소리를 낸다네.
언덕 넘어 가난한 늙은이 얻은 술이 적어서
납작집에 머리 숙인 채 학이 쪼듯 하는구나.
야자 열매만한 배때기도 채우지 못해서
푸른 소반에 뵈는 거라곤 비름나물뿐이네.
장국물로 잠시 채운다지만 이내 다시 고파져
바람 빠진 공처럼 쭈그러지는구나.

굶주려서 꾸륵거리는 이 소리 가져다가
성서 선생 배 두들기며 부르는 태평곡에 반주 맞춰 볼까나.

君不見豪家子弟宴華屋、　　搥鍾擊皷間絲竹。
城西先生獨不然、　　　　　醉後高歌皷大腹。
是中可容數百人、　　　　　亦能貯酒三千斛。
膏田得米釀醇醅、　　　　　數日微聞香馥馥。
何必壓槽絞淸汁、　　　　　頭上取巾親自漉。
一飮輒傾如許觥、　　　　　佐以幸蒜或腥肉。
腹爲皮皷手爲搥、　　　　　登登終日聲相續。
隴西窮叟得酒少、　　　　　矮屋低頭鶴俛啄。
腹如椰子猶未充、　　　　　只見靑盤堆苜蓿。
暫盛水醬俄復空、　　　　　有如跳鞠氣出還自縮。
那將雷吼飢腸聲、　　　　　往和先生皷腹太平曲。

술 취한 김에 벗에게

大醉走筆示東皐子

내 옛적 어느 곳에 있었던가
피리소리 울리는 선계의 궁전이었건만,
하늘 풍악 소리에, 한창 꿈이 달았는데
그 누가 나를 끌어 티끌세상을 밟게 했나.
대지도 내 발을 받칠 수 없고
태산도 내 가슴 삼킬 수 없어,
훨훨 털고 육합 밖으로 벗어나야겠네
육합 안은 수레로 모두 갈 테니까.
아득히 널려진 묘지도 바라볼 수 없어라,
고금의 영웅들이 차마 묻혀 있다니.
바다 가운데 있는 저 봉래산
빼어난 벽옥세상 그 누가 녹이겠나.
그대 먼저 가면 나도 곧 뒤쫓을 테니
하늘 신선, 땅 신선, 물 신선의 궁전 가려 뭣하랴.

我昔在何處、　　　　笙簫宮殿有無中.
鈞天廣樂夢正酣、　　何人引我踏塵紅。
大地不能載我足、　　太山不足吞吾胸。
軒然要出六合外、　　六合之內轍皆窮。
茫茫丘隴不可望、　　今古忍埋龍虎雄。
蓬萊山在海中央、　　碧玉秀出知誰鎔。
君先去我當繼、　　　何必論天仙地仙水僊宮。

벼슬 소식이 올 건가

鵲巢

내 본디 운명이 기구해서
명예와 벼슬이 늦어짐을 한탄했었지.
너 까치여, 장차 무슨 기쁨 전하려고
정남쪽 가지에 집을 짓느냐.
오며 가며 가지를 물어 나르는데
까마귀 털에 백로 깃도 섞였구나.
내 듣기로 점잖은 선비는
못되고 잘됨을 하늘에 맡긴다 하니,
황새가 모여 온다고[1] 기뻐할 것도 없고
부엉이 앉았다[2] 해서 겁낼 것도 없어라.

■

1) 어느 날 양진(楊震)의 강당 앞에 황새가 전어 3마리를 물고 날아들었다.
   도강(都講)이 말하길, "전어는 경대부(卿大夫) 옷의 상징이요, 셋은 삼태
   (三台)를 뜻하니, 선생은 앞으로 높은 벼슬에 오를 것입니다" 하였다.
   《후한서》(後漢書) 〈양진전〉(楊震傳)
2) 가의(賈誼)가 장사왕(長沙王)의 태부(太傅) 된 지 3년 되었을 때에 복(服)
   이란 새가 가의의 집으로 날아 들어와 자리 옆에 앉았다. 복은 올빼미 비
   슷한데 상서롭지 못한 새였다. 가의는 그때 마침 장사에 쫓겨와 머물고
   있었는데, 장사의 땅이 낮고도 습했다. 가의는 스스로 슬퍼하면서 오래
   살 수 없다고 생각하였다. 《사기》(史記) 권 48 〈가의전〉(賈誼傳)

그렇다지만 내 늙을수록 의혹만 많아져
무당 판수처럼 미신도 좋아한다네.
게다가 오래도록 가난한테 질려서
좋은 일 점쳐 보고 요행을 바라 왔기에,
이 영특한 새가 집 짓는 것을 보고는
기쁜 빛이 눈썹 가에 나타났어라.
초조한 마음으로 집 다 짓기를 기다리며
눈을 들어 높은 나무만 바라본다네.

我本賦命奇、　　　名宦歎遲暮。
汝將報何喜、　　　栖樹正當午。
翩翩含枝來、　　　鴉鳥挾鷺羽。
吾聞君子人、　　　禍福任天賦
鸛集不足賀、　　　鵬止不爲懼。
而我老多惑、　　　好怪類巫瞽。
況復懲久窮、　　　占瑞儻有遇。
見此靈鳥栖、　　　喜色見眉宇。
汲汲望巢成、　　　擡眼仰高樹。

쌀과 솜을 보내 준 문스님에게

謝文禪老惠米與綿

우리 집 잘 살던 시절
향긋한 쌀밥을 시루에 지어 놓고도
먹기 싫어 수저도 대지 않았었지.
하물며 좁쌀밥이야 먹으려 했겠나.
눈 빛깔의 보드란 솜은
열 근이라야 한 줌에 들 정도였건만
귀히 여기지 않고 마구 써버려
버들솜처럼 허공에 흩날렸었지.
이제 이처럼 가난케 살다 보니
집엔 한 섬 양식도 쌓아 놓은 게 없어
굶주린 입에다 늘 침만 흘리면서
꾸르륵거리는 배만 부질없이 어루만지네.
구월에 서리 내리며 하늘은 더 높아지고
하룻밤 찬바람에 나뭇잎 떨어지더니,
홑이불 덮어 봤자 쇳덩이마냥 차가와
몸뚱이가 언 자라처럼 움츠러드네.
갑자기 한 통 편지를 받아보니
내 갖고 싶은 물건들을 보내왔구나.
썰렁한 부엌에 가 저녁밥 지으니
파란 연기가 이제야 집에서 솟네.
엷은 옷 속에 솜 놓아 입으니

겨울날 따뜻한 볕을 등에 진 듯해라.
착한이의 마음씀이 너무 고마워
고마워하는 눈물이 줄줄 흐르네.

我家全盛時、　　壓甌炊香玉。
厭飮不下匙、　　況肯喰脫粟。
雪色蜀蠶綿、　　十斤方一掬。
費之不甚珍、　　柳絮空飄撲。
坐此今困窮、　　家無擔石蓄。
饞口長流涎、　　浪撫雷鳴腹。
九月霜天高、　　一夜風落木。
單衾劇鐵寒、　　身若凍鼈縮。
忽得一緘信、　　贈我心所欲。
晚炊寒竈中、　　靑煙始生屋。
披向薄衣中、　　如負冬日燠。
爲感仁者心、　　鮫眼淚相續。

남루한 옷을 잡히고 술로 바꿔 왔네

全履之見訪與飮大醉贈之

살림살이 가난해 술 살 돈도 없는데
가깝게 지내던 벗이 찾아왔네.
한가로운 모습으로 자리에 앉았으니
얘기만 나누면서 하루해를 보내겠나.
내 몸에 걸쳤던 남루한 옷을 잡히고
맑게 넘치는 술 한 병을 바꿔왔다네.
술잔 거듭 기울일수록 차츰 취흥에 겨워
미친 말 멍에 벗고 질주하는 것 같아,
내 부르는 노래에 온숲의 나무가 흔들리고
그대 달리는 붓은 강물을 거꾸로 쏟는 듯해라.
노래소린 울분 씻는 듯 거친 소리가 길어지고
붓도 노기 뿜는 듯 사나운 기세로 달리는구나.
그 누가 똑똑하고 어리석으며
그 누가 얻고 잃는단 말인가.
얻은 자가 반드시 똑똑한 것은 아닌가 봐
탐욕스럽고 비루한 자도 귀한 벼슬에 오른다네.
잃은 자라고 반드시 어리석은 것도 아닌가 봐.
뛰어난 생각과 행동을 해도 가난하게 산다네.
나처럼 잘다란 사람이야 말할 것도 없지만
그대 같은 영웅호걸도 벼슬을 못하다니,
신룡은 못 일어나고 포룡이 오른 세상

좌도가 때를 타니 직도가 쫓겨나네.
자네와 함께 평생을 논하면서
평소에 답답던 마음 취한 김에 모두 내뱉었지.
장검 어루만지며 춤추다가 앉아서 또 마시니
한 잔 한 잔 또 한 잔일세.

我家計拙酒錢空、　　　我客才高交契密。
貌甚閑暇來座隅、　　　忍把淸談空遺日。
典我身上藍縷衣、　　　換此一壺淸且溢。
觥般屢倒興復酣、　　　有如狂馬泛駕欲奔軼。
振搖林木我放歌、　　　倒瀉江湖君縱筆。
歌雪憤兮龕聲長、　　　筆洩老兮猛勢逸。
何者是賢愚、　　　　　何者是得失。
得者未必賢、　　　　　聾頭鼠目翔貴秩。
失者未必愚、　　　　　瑰意琦行棲蓬蓽。
吾儕齷齪何足言、　　　如子雄豪取爵不可必。
神龍未起逋龍昇、　　　左道乘時直道黜。
與子論平生、　　　　　平昔欝腸醉後盡嘔出。
撫釖起舞坐更飮、　　　一杯一杯聊復一。

차가운 술을 마시면서
冬日與客飮冷酒戱作

눈 덮인 장안바닥에 숯값이 치솟아
차가운 술병을 얼어붙은 손으로 따라야겠네.
뱃속에서 절로 화끈해지는 줄 그대는 아시는지.
불그레한 술기운이 얼굴에 떠오른다네.

雪滿長安炭價擡。　　寒瓶凍手酌香醅。
入腸自暖君知不、　　請待丹霞上臉來。

반란군을 토벌하러 나서면서*

壬戌冬十二月從征東幕府行次天壽寺飮中贈
餞客

평생 살면서 메뚜기 다리 하나 건드리지 않았건만
오늘은 어미범 어금니를 뽑겠다고 나섰네.
반란군을 평정하고 임금 베푸신 잔치에 나앉으면
왕궁 안에서 어사화를 꽂겠지.

平生不折春螽股。　　　今日將抽乳虎牙。
破賊朝天參御宴、　　　紫微宮裡挿宣花。

---

* 1202년 경주에서 반란이 일어났는데 문서를 다루는 수제원(修製員)을
　모두 꺼리자, 그는 스스로 종군하며 병마녹사(兵馬錄事)로 수제를 겸
　했다.

옷을 전당잡히고
典衣有感示崔君宗藩

춘삼월 십일일에
아침 지을 거리가 없어
아내가 갖옷 잡히겠다기에
내 처음엔 나무라며 말렸네.
추위가 아주 지나갔다면
누가 이 옷을 전당잡겠으며
추위가 다시 온다면
오는 겨울을 난 어찌 하라느냐고
아내가 대뜸 성내며 따졌지.
당신은 왜 그리 어리석기만 하오.
갖옷이 그리 좋은 건 아니라지만
제 손으로 지은 것이라오.
당신보다도 더 아끼지만
뱃속이 옷보다 더 급하다오.
하루에 두 끼니 먹지 않으면
옛사람도 허기진다고 말하지 않았소.
허기지면 그날로 죽게 될 텐데
오는 겨울 기다릴 틈이 어디 있겠소.
곧장 종놈을 불러 건네주며
며칠 먹을거린 될 거라 했는데,
받아온 거라곤 너무나 뜻밖이었네.

종놈이 혹 떼먹었나 했더니
그놈 얼굴에 분한 기색이 가득하며
전당포 주인의 말을 일러 주네.
봄도 다 가고 여름 가까웠는데
갖옷을 왜 사겠느냐고,
아예 두었다가 겨울이나 지내라고,
나에게 여유가 있기에 다행이지
만약 여분이 없었더라면
좁쌀 한 말도 주지 못하겠다고.
그 말 듣고 너무나 부끄럽고 겸연쩍어
눈물이 흘러 턱을 적시네.
한겨울에 애써 지은 옷
하루아침에 거저 버리고도
큰 가난 구하지 못하고
허기진 아이들 죽 늘어섰다니.
젊었던 날 생각하니
세상 물정 아무것도 몰랐지.
수천 권의 책만 읽으면
과거 급제는 수염 뽑기보다 쉽다기에
편한 생활로 거들먹거리면
좋은 벼슬이 쉽게 생길 줄 알았지.

왜 이다지도 운명이 기구해
내 가는 길엔 가난만 쌓였을까.
가만히 앉아 돌이켜 생각하니
이 모든 가난이 나의 잘못 아니겠나.
술 좋아하는 건 절제하지 못해
마셨다 하면 천 잔씩 퍼부었고
평소 맘속에 지녔던 말도
취했다 하면 참지를 못했지.
모두 내뱉어야 속 후련하지
비방이 따르는 건 전혀 몰랐네.
내 처신이 이러하니
가난코 굶주리기 참으로 당연해라.
아래로는 사람들이 좋아하지 않고
위로는 하늘의 도움까지 잃어,
가는 곳마다 흉허물이요
하는 일마다 어긋나기만 하네.
이게 다 내가 지은 죄
슬프지만 누구를 원망할 건가.
나의 잘못 스스로 손꼽아 보며
회초릴 들어서 세 번이나 때렸어라.
지난 일 뉘우친들 무슨 소용이람

앞으로나 힘써서 고쳐 보리라.

季春十一日、　　　廚竈無晨炊。
妻將典衣裘、　　　我初訶止之。
若言寒已退、　　　人亦奚此爲。
若言寒復至、　　　來冬我何資。
妻却恚而言、　　　子何一至癡。
裘雖未鮮麗、　　　是妾手中絲。
愛惜固倍子、　　　口腹急於斯。
一日不再食、　　　古人謂之飢。
飢則旦暮死、　　　寧有來冬期。
呼僮卽遺售、　　　謂可數日支。
所得不相直、　　　疑僮或容私。
僮顔有憤色、　　　告以買者辭。
殘春已侵夏、　　　此豈賣裘時。
早爲禦寒計、　　　緣我有餘貲。
如非有餘者、　　　斗粟不如胎。
我聞懟且恧、　　　有淚空沾頤。
三冬織紝功、　　　一旦棄如遺。
尚未救大歉、　　　立竹羅飢兒。
反思少壯日、　　　世事百不知。

讀書數千卷、　科第若摘髭。
居然常自負、　好爵謂易縻。
胡爲賦命薄、　抱此窮途悲。
端心反省已、　亦豈無瑕疵。
嗜酒不自檢、　飲輒傾千巵。
平日心所蓄、　及醉不能持。
盡吐而後已、　不知讒謗隨。
行身一如此、　窮餓亮其宜。
下不爲人喜、　上不爲天毗。
觸地皆玷類、　無事不參差。
是我所自取、　嗟哉又怨誰。
屈指自數罪、　舉鞭而三苔。
既往悔何及、　來者儻可追。

흙먼지 속을 헤매는 개미와 같으니
登北岳望都城

산마루에 올라 도성을 내려다보니
넓고도 커서 사람 바다를 이뤘다지만,
조그만 집이야 말할 것도 없어라
크다는 집들도 흙부스러기 같구나.
길 위에 오가는 사람도 가여운 존재
흙먼지 속을 헤매는 개미와 같으니,
대체 무슨 이익을 얻겠다고
그 마음 저마다 매인 데가 있나.
자잘한 만과 촉1) 싸우는 사이에
삶과 죽음, 기쁨과 슬픔이 그 가운데 있으니,
어찌해야 이 와중에서 벗어나
저 육합2) 밖으로 나가 노닐까.

■

1) 달팽이의 왼쪽 뿔에 있는 나라는 만씨(蠻氏). 오른쪽 뿔에 있는 나라는 촉
   씨(觸氏)인데, 서로 싸움을 벌여 수만의 사상자를 내며 싸우다가 보름만
   에 돌아왔다.《장자》(莊子)
2) 하늘과 땅, 동서남북 사방을 합하여 육합이라고 한다. 사방천지라고도
   한다.

絶頂望都城、　浩浩萬人海。
小屋何容言、　大屋正如塊。
可憐路上人、　蟻奔塵土內。
經營覓何利、　意各有所掛。
區區蠻觸間、　死生哀樂在。
安得出其中、　遊於六合外。

재상이 되는 길은 멀기만 한데

청산 가는 길이 있어 너를 막지 않았건만
어찌 일찍 돌아와서 편히 쉬지 않았던가
어떤 사람들은 재상 되리라고도 기대한다지만
이는 다만 속이는 말이니 맘에 두지 말지라.

白雲
李奎報

시 삼백 편을 불사르며

焚藁

어린 시절부터 시를 지어서
붓만 잡았다 하면 그만둘 줄 몰랐지.
아름다운 구슬이라고 내 먼저 자랑했으니
그 누가 감히 흠집을 따졌으랴.
뒷날 와 다시 들추어 보니
편편마다 좋은 글귀 하나도 없구나.
글상자를 차마 더럽힐 순 없어
밥 짓는 아궁이에 불살라 버렸네.
작년에 지었던 글도 올해에 다시 보니
예전과 다름없어 또다시 버린다네.
옛 시인 고적도 이런 까닭에
나이 쉰 되어서야 처음 시를 지었겠지.

少年著歌詞、　　　下筆元無疑。
自謂如美玉、　　　誰敢論瑕疵。
後日復尋繹、　　　每篇無好辭。
不忍汙霜衍、　　　焚之付晨炊。
明年視今年、　　　棄擲一如斯。
所以高常侍、　　　五十始爲詩。

임금을 못 뵈어 눈어두워졌네
眼昏有感贈全履之

내 나이 이제야 마흔 넷인데
두 눈이 벌써 침침해졌어라.
지척에 있는 사람도 분별이 안 돼
마치 봄안개가 가로막힌 것 같아라.
의원에게 물었더니 의원 내게 말하기를
그대의 간장이 충실치 못한 까닭이라네.
그렇지 않으면 젊었을 시절에
등불 그림자에서 글 읽은 때문이라네.
이 말 듣고 내가 손뼉 치며 웃었지,
그대 참으로 공부 못한 의원이라고.
귀란 들으려고 있으니
듣지 못하면 바로 귀머거리고,
눈이란 보려고 있는 법이니
보지 못하면 바로 장님이라네.
내가 임금을 뵈려 했지만
구중궁궐 높은 문을 통할 수 없고
금빛 관복의 귀인을 뵙고 싶어도
베옷으로 내 몸을 가릴 수 없었다네.
모란꽃을 보고 싶었지만
쓸데없는 잡초만이 우거졌기에,
화려한 집에서 살지 못하고

오막살이 쑥대밭에서 머리가 희었다네.
오정1) 음식 먹어 보지 못하고
끼니도 거른 적이 자주 있었지.
그래서 눈까지 어두워지고
이제는 베로 가린 듯 답답케 됐겠지.
이 모두가 하늘이 내린 것이니
내 어찌 약으로 고칠 수 있겠나.
이게 다시 복이 될 줄 뉘가 알리요,
귀머거리 장님으로 세상을 마치리라.

我方四十四、　　　兩眼已瞢瞢。
咫尺不辨人、　　　如隔春霧濃。
問醫醫迺云、　　　由汝肝不充。
不然少壯時、　　　讀書燈影中。
我聞拍手笑、　　　爾是非醫工。
耳有所欲聞、　　　不聞卽爲聾。
目有所欲見、　　　不見謂之矇。

■

1) 소·양·돼지·물고기·순록을 담아 제사 지내는 다섯 개의 솥. 높은 벼슬
아치들이 먹는 훌륭한 음식을 뜻한다.

我欲見天子、　　九闥無由通。
我欲見金紫、　　布褐不掩躬。
我欲見姚魏、　　凡草空茸茸。
未見甲第居、　　白首栖蒿蓬。
未見五鼎食、　　顏巷厭屢空。
以此到目暗、　　如將辣布蒙。
是亦天所使、　　何必藥石攻。
焉知不爲福、　　聾瞽能完終。

강종대왕의 죽음을 슬퍼하며

康宗大王挽詞翰林奏呈

2.

등극한 지 삼년 만에 이 나라 부강케 하시고
하찮은 병환으로 갑자기 떠나셨어라.
신선들 노니는 하늘나라로 가셨으니
궁궐은 처량코 용상은 비었구나.
참으로 아주 가신 것 같지 않아
아직도 달에서 놀다 오실 것만 같아라.
사방 백성들이 오랜 은혜 입었으니
눈 있는 사람 그 누가 눈물 아니 닦으랴.

御極三年國已肥。　　忽因微恙輟宵衣。
瑤臺縹緲仙遊遠、　　玉殿凄凉御座非。
未信賓天終莫返、　　尙疑遊月儻還歸。
四方涵泳皇恩久、　　有限何人不淚揮。

도연명의 시를 읽으며

讀陶潛詩

내가 사랑하는 시인 도연명
그 지은 시가 맑고도 깨끗해라.
언제나 줄 없는 거문고 만졌다더니
그 시도 마찬가지로 고요하구나.
지극한 음률은 본래 소리 없으니
거문고 튕기느라고 애쓸 필요 있겠나.
지극한 말도 본래 문채 없으니
아로새기고 다듬길 어찌 일삼겠나.
자연에서 나온 그 평화로운 말들
오래 씹을수록 참맛을 알겠어라.
인끈 풀고 전원으로 돌아와
대·솔·국화 세 오솔길1) 속을 거닐며,
술 없으면 벗을 찾아가
날마다 취해서 쓰러졌다지.

■

1) 한나라 때 왕망(王莽)이 집권하자 장후(蔣詡)가 벼슬에서 물러나 향리 두
   릉(杜陵)에 은거하며, 대밭 아래에 세 개의 오솔길을 내고, 벗 구중(求仲)
   과 양중(羊仲) 두 사람만 교유하였다. 도연명이 벼슬을 그만두고 대나무,
   소나무, 국화가 있는 고향 율리(栗里)로 돌아가 〈귀거래사〉를 지었는데,
   "세 오솔길은 황폐해졌으나 소나무와 국화는 그대로 남아 있다.[三逕就
   荒、松菊猶存。]라고 하였다.

한 평상에 희황2)이 누웠으니
맑은 바람까지 서늘하게 불어오네.
순수한 태고 시절 백성이요
고상하고 지절 뛰어난 선비이니,
그 시를 읽으면 그 사람 생각이 나서
천년토록 높은 의리 숭앙하리라.

吾愛陶淵明、　　　吐語淡而粹。
常撫無絃琴、　　　其詩一如此。
至音本無聲、　　　何勞絃上指。
至言本無文、　　　安事彫鑿費。
平和出天然、　　　久嚼知醇味。
解印歸田園、　　　逍遙三徑裡。
無酒亦從人、　　　頹然日日醉。
一榻臥羲皇、　　　清風颯然至。
熙熙太古民、　　　岌岌卓行士。
讀詩想見人、　　　千載仰高義。

■
2) 도연명의 호가 희황상인(羲皇上人)이다. 복희씨(伏羲氏) 시대인 태고적
　사람. 즉 속세를 떠나 한가롭게 지내는 사람을 뜻한다.

처음으로 사간(司諫)이 되고서
初除司諫兼受金紫戲贈金正言

1.

예전 푸른 적삼 입었을 땐 사람들 피하지 않더니
새로 붉은 옷 입으니 뭇사람 다투어 따르네.
얼굴이나 품계는 예 그대로 같건만[1]
오직 옷차림의 귀천이 다르기 때문일세.

舊着靑衫人不避。　　新披紫袖衆爭趨。
形容班品猶依舊、　　都爲身章貴賤殊。

2.

푸른 옷 벗고 붉은 옷 입었지만
흰 머리 검은 얼굴은 아직도 그대로일세.
허리에 옥띠 두르니 이젠 책임도 무거워
오늘부터 잠 덜 자고 눈 부릅떠야겠네.

綠衣方脫紫衣披。　　白鬢黎顔尙未移。
腰鞬金魚微意在、　　自今張目少眠時。

---

1) 사간과 정언(正言)이 모두 6품이다. (원주)

146

계양태수가 고을 노인장들에게*

太守示父老

나는 본디 늙은 서생이라
스스로를 태수라고 부르지 않겠소.
이 말을 고을 사람들께 부치노니
나를 한낱 늙은 농부로만 여기소.
억울하면 곧 찾아와 호소하여
어린아이가 어미 젖 찾듯이 하소.
비 내리지 않고 오랫동안 가무니
이 또한 나의 죄라오.
고을 노인장들께 정중히 사과하노니
빨리 이 벼슬을 내놓는 게 좋겠소.
내가 떠나면 당신들 편할 텐데
어찌 이 늙은이만 붙잡을 필요 있겠소.

我是老書生、   不自稱太守。
寄語州中人、   視我如野耈。
有蘊卽來訴、   如兒索母乳。
久旱天下雨、   是亦予之咎。
殷勤謝父老、   不如速解綬。
我去爾卽安、   何須此老醜。

■
* 쉰두 살 되던 1219년 4월에 계양도호부부사(桂陽都護府副使)가 되어 5월
  에 계양으로 부임하였다.

147

노인장들이 태수에게

父老答太守

태수님께서 우리들이 싫증나서
마음속으로 사직코자 하시는군요.
우리 고을이 땅을 비록 척박하다지만
지세는 용처럼 힘차다오.
이 고을에 부임해 온 사람들은
몇 달 안 되어 임금의 부름 받았으니
바라건대 공이여, 잠깐만 참으시어
팥배나무 아래서 짐짓 쉬소서.[1]
구중궁궐로부터 마땅히 사신이 있어
임금 계신 곳으로 모셔들이리다.

太守厭吾儕、　　意欲解腰章。
吾州雖瘠薄、　　地勢龍軒昂。
於玆剖符者、　　不月被徵黃。
願公忍須臾、　　乍復舍甘棠。
當有九天使、　　邀入紫微堂。

■
1)《시경》〈감당〉(甘棠)에 "저 팥배나무를 베지 말라. 소백(召伯)이 쉬어간 곳
일세" 하였다. 주(周)나라 소공의 선정에 감격한 백성들이, 소공이 일찍이
쉬어갔던 팥배나무를 소중히 여기며 부른 노래이다.

미수(眉叟)* 노인의 죽음을 슬퍼하며

次韻皇甫書記用東坡哭任遵聖詩韻哭李大諫
眉叟

선비라면 마땅히 사람됨을 골라 사귈 뿐이지
반드시 나이를 따질 건 없어,
어진 제자 안회가 죽자
하늘이 나를 망쳤다고 공자도 탄식했네.
하물며 공께서야 나의 참된 스승이라
예법으로 나의 방종을 바로잡으셨으니,
어찌 감히 무례하게 대하겠나
어른 항렬로 섬겨 왔다오.[1]
내 옛날 더벅머리 시절에
공께선 그때 한창 장년이시더니,
내가 장년 되자 공께선 벌써 노쇠하여
귀밑털이 눈처럼 희끗희끗했었지.

■

* 이인로(李仁老, 1152~1220). 호는 쌍명재(雙明齋)이고 자는 미수(眉叟)이
다. 한원(翰院)에서 고원(誥院)에 이르기까지 14년 동안 조칙(詔勅)을 지
었으며, 오세재(吳世才)·임춘(林椿)·조통(趙通)·황보항(皇甫杭)·함순
(咸淳)·이담지(李湛之) 등과 죽림고회(竹林高會)를 맺어서 그 이름을 떨
쳤다. 문집으로는 《은대집》(銀臺集), 《쌍명재집》(雙明齋集)이 있었다지만
현재는 전하지 않고, 우리나라 최초의 시화집인 《파한집》(破閑集) 3권만
이 남아 있다.
1) 공이 나보다 열댓 살이 많았다.

죽림의 모임에 처음 가보니
흔한 무리들의 모임은 아니었기에,[2]
끄트머리 자리에다 나를 끼워 주곤
글 싸움에 편장을 맡으라셨네.[3]
이때부터 차츰 나이 차이를 잊었기에
사림의 비방을 많이 받았지.
다른 여섯 시인이 모두 명부(冥府)에 이름 적히고
서로들 잇달아 황천객이 되었지만
공께선 혼자서 일흔 나이 되셨기에
바야흐로 재상을 넘보게 되었는데
오늘 또 관 뚜껑을 닫는다니
헛된 영화도 참으로 한순간일세.
돌아가셨단 소식 천리 밖에서 들으니
장례가 어느 날인지도 모르겠어라.
동쪽만 바라보고 길게 곡하니
층층 구름마저 푸른 산을 어둡게 하네.

---

2) 공께서 조(趙)·함(咸)·오(吳) 등 여섯 분과 죽림의 모임을 맺으셨다.(원주)
3) 내가 여러 번 죽림칠현 모임에 참여하였다.(원주)

책상자 열고 예전에 주신 글 보니
옥구슬이 완연히 내 손바닥에 있는 듯,
삼십년 동안 사귀면서도 끝내
선생의 세계를 엿보지 못한 게 부끄러워라.
이승과 저승 이미 길이 달라졌으니
이젠 신선되신 몸 어느 곳에 가서 찾을 건가,
조촐한 제수마저 차려드리지 못했으니,
불초한 이 몸 드릴 말이 없으외다.

士當擇人交、　　　不必論少長。
門弟顔回死、　　　孔子稱天喪。
況公眞我師、　　　禮法繩吾放。
不敢狎而媟、　　　事以丈人行。
我昔始垂髫、　　　公時年方壯。
我壯公已衰、　　　片雪黏鬢上。
始謁竹林會、　　　此會群不黨。
容我預其末、　　　文戰補偏將。
自爾漸忘年、　　　多負士林謗。
六君皆鬼錄、　　　相繼歸黃壤。
公獨頗耆壽、　　　方有三台望。
今日又盖棺、　　　浮榮眞一餉。

千里聞訃音、　　未識何日葬。
東望哭聲長、　　重雲暗青嶂。
披篋得遺篇、　　宛如珠在掌。
但愧三十年、　　竟莫窺宇量。
生死已殊途、　　丹臺何處訪。
行潦猶未羞、　　咄咄大無狀。

단옷날 무덤가에서
端午郭外有感

옛무덤 새 무덤 서로 이웃했으니
한평생 술 취한 이 그 몇 사람일까.
오늘은 자손들이 다투어 술 올린다지만
어찌 한 방울인들 죽은 입술을 적시겠나.

舊墳新壙接相隣。	幾許平生醉倒人。
今日子孫爭奠酒、	可能一滴得霑脣。

여지껏 벼슬하는 나를 꾸짖으며

自責

세 번이나 간원(諫院)에 들어갔대도 말 한마디 못했었지.
말하려면 혀 있으니 그 누가 막았겠나.
붓을 적셔 임금의 글짓기 십육 년
생각도 마르고 마음도 말라 내 자신이 괴로워라.
청산 가는 길이 있어 너를 막지 않았건만
어찌 일찍 돌아와서 편히 쉬지 않았던가.
어떤 사람들은 재상 되리라고도 기대한다지만
이는 다만 속이는 말이니 맘에 두지 말지라.

三入諫垣無一語。　　得言舌在誰鉗鋦。
泚毫草制十六祀、　　思涸心枯空自苦。
靑山有路不汝遮、　　胡不歸休早爲所。
人或妄以台輔期、　　此特誑言愼勿取。

한 잔의 술을 마시며
한 구절 시를 지었지

손 내키는 대로 한 구절 시를 짓고
입 내키는 대로 한 잔의 술을 마셨지.
내 어찌 하겠나, 딱한 이 늙은이가
시 버릇과 술버릇 함께 배운 것을,

白雲
李奎報

우물 속의 달을 보며

山夕詠井中月 二首

1.

푸른 이끼 바위 모퉁이 맑은 우물 속을
새로 뜬 어여쁜 달이 곧바로 비추네.
길어 담은 물동이 속엔 반 조각달이 반짝이니
거울처럼 둥근 달은 반 조각만 담아 가겠구나.

漣漪碧井碧嵒隈。　　　新月娟娟正印來。
汲去瓶中猶半影、　　　恐將金鏡半分廻。

2.

산속의 스님이 밝은 달빛 탐내어
물 길으며 한 항아리 가득 담아갔지.
절에 가면 그제야 알 게라.
항아리 물 쏟고 나면 달빛도 따라 없어질 테니.

山僧貪月色、　　　幷汲一瓶中。
到寺方應覺、　　　瓶傾月亦空。

농부를 대신하여

代農夫吟 二首

1.

비 맞으며 밭이랑에 엎드려 김을 매니
흙투성이 험한 꼴이 어찌 사람 모습이랴만,
왕손 공자들이여 나를 업신여기지 마소
그대들의 부귀 호사도 나로부터 나온다오.

带雨鋤禾伏畝中。　　　形容醜黑豈人容。
王孫公子休輕侮、　　　富貴豪奢出自儂。

2.

햇곡식 퍼렇게 아직도 밭에서 자라건만
아전들 벌써부터 세금 거둔다 성화일세.
힘껏 일해 나라 살찌우는 게 우리들 손에 달렸건만
어찌 이리도 괴롭히며 살까지 베껴 가는 건가.

新穀青青猶在畝。　　　縣官胥吏已徵租。
力耕富國關吾輩、　　　何苦相侵剝及膚。

시론
論詩

시 짓기가 무엇보다 어려우니
말과 뜻이 아울러 아름다워야 한다네.
함축된 뜻이 참으로 깊어야
씹을수록 더욱 맛이 난다네.
뜻이 있다지만 말이 부드럽지 못하면
껄끄러워 그 뜻을 펴지 못하겠지.
이 가운데 중요하지 아니한 것은
문장을 아름답게만 꾸미는 짓이지만,
아름다운 문장이라고 어찌 반드시 밀어낼 텐가
여기에 또한 많은 마음을 써야 하겠지.
꽃만을 잡고 그 열매를 버려도
이 때문에 시의 본뜻을 잃게 된다네.
요즈음 시 짓는다는 무리들은
《시경》의 깊은 뜻을 생각도 않고,
겉껍데기만을 울긋불긋 꾸며
한때의 유행만 따르려고 하네.
뜻은 본래 저절로 얻어지는 것
쉽게 이루기는 참으로 어려워라.
뜻 얻기가 어려운 줄 스스로 알고는
그 김에 겉만을 화려하게 꾸며,
이것으로 여러 사람들 눈을 어지럽게 하여

깊은 뜻이 없는 걸 감추려 한다네.
이러한 풍속이 차츰 이루어져
참다운 글은 땅에 떨어졌지.
이태백과 두보가 다시 태어나지 않으니
참된 글과 거짓된 글, 그 누구와 가려 내랴.
허물어진 글밭을 다시 고치려 하지만
흙 한 삼태기도 날라다 주는 사람이 없구나.
《시경》 삼백 편을 읽다 하지만
누구를 풍자하며 누구를 도울 건가.
내가 나서 하는 거야 해 보자 하겠지만
나 혼자 외칠 뿐 남들은 비웃겠지.

作詩尤所難、	語意得雙美。
含蓄意苟深、	咀嚼味愈粹。
意立語不圓、	澁莫行其意。
就中所可後、	雕刻華艷耳。
華艷豈必排、	頗亦費精思。
攬華遺其實、	所以失詩旨。
邇來作者輩、	不思風雅義。
外飾假丹靑、	求中一時嗜。
意本得於天、	難可率爾致。

自揣得之難、　因之事綺靡。
以此眩諸人、　欲掩意所匱。
此俗寖已成、　斯文垂墮地。
李杜不復生、　誰與辨眞僞。
我欲築頹基、　無人助一簣。
誦詩三百篇、　何處補諷刺。
自行亦云可、　孤唱人必戲。

길에 버린 어린아이
路上棄兒

1.

호랑이 사납다지만 제 새끼 다치지 않는다던데
어느 아낙네가 자기 아길 길바닥에 버렸을까.
금년에는 풍년 들어 먹을 게 없진 않을 테니
새 시집 갈 지아비께 잘 보일 속셈이겠지.

虎狼雖虐不傷雛。　　何嫗將兒棄道途。
今歲稍穰非乏食、　　也應新嫁媚於夫。

2.

금년에 흉년 들어 굶주린다 하더라도
어린아이 먹으면 몇 술이나 먹으랴.
어미와 자식이 하루아침에 원수가 되니
세상인심 야박해진 걸 이제는 알겠구나.

若日今年稍歉飢。　　提孩能喫幾多匙。
母兒一旦成讐敵、　　世薄民漓已可知。

파계승에게 벌을 준다기에

聞批職僧犯戒被刑以詩戲之

1.
머리 기른 속인이나 깎은 중이나 가릴 것 없이
색(色)을 좋아하는 사람 마음은 모두 한 가지.
부처님께 신통한 주력(呪力) 없었더라면
마등도 아난을 타락하게 했겠지.[1]

勿論髮在與頭髺。	好色人心捴一般。
不有如來神呪力、	摩登幾已誤阿難。

2.
이 중의 솜씨가 모자라 잡혔을 뿐이지
나라의 법령으로야 어찌 일일이 잡아내겠나.
아이들이나 낳게 내버려 두었다가 모두들 커지거든
남쪽 들판으로 내몰아 밭이나 갈게 해보지.

此髡謨拙被人擒。	國令何曾一一尋。
任遺生雛皆壯大、	盡驅南畝力耕深。

---

1) 마등 종족의 음탕한 여자 발길제(鉢吉帝)가 석가의 제자 아난을 유혹하였
지만, 아난은 석가의 힘으로 그를 물리쳤다.

농부들에겐 청주와 쌀밥을 먹지 말라기에
聞國令禁農餉淸酒白飯

장안바닥 부잣집 창고에는
구슬과 패물이 언덕처럼 쌓였고,
절구로 찧어낸 구슬 같은 쌀밥을
말이나 개에게도 맘껏 먹이네.
기름처럼 맑은 청주도
종놈들 목구멍을 부드럽게 적시네.
이것들 모두 농부에게서 나왔으니
본래 가졌던 것 하나도 없건만,
남들의 애쓴 손을 빌어서는
스스로 부자 되었다고 망령되게 뻐긴다네.
힘들여 농사 지어 군자를 받드는 사람
그들을 일러서 농부라 한다네.
짧은 베옷으로 알몸을 가리고는
하루에 몇 이랑씩 밭을 갈았지.
벼싹이 파릇파릇 돋아나자마자
가라지·피매기에 호미질만 힘들었지.
풍년 들어 천 섬 곡식 거둔다 해도
관청에서 걷어 가면 그만 끝이었지.
어쩔 수 없이 다 빼앗기고 돌아오면
가진 것이라곤 하나도 없으니
땅을 파서 올방개나 캐어 먹다가

굶주려 쓰러지면 구제할 길 없어라.
농사일 시킬 때가 아니라면
어느 누가 너에게 배불리 먹일 텐가.
그 까닭도 네 힘이 필요하기 때문이지
네 먹는 입을 사랑해서가 아니어라.
희디흰 고운 쌀밥
맑디맑은 청주도
모두 너의 힘으로 만들어졌으니
너들이 먹는대도 하늘이 꾸짖진 않으리라.
농사 독촉하러 나오신 나리시여
나라의 법령이 혹 잘못된 것 아닌지요.
높은 재상 벼슬아치 집에선
술과 밥이 썩어져 버릴 테지만,
농촌에도 또한 사람들이 있어
그들은 언제나 막걸리를 마셔 왔다오.
일없이 노니는 이들도 그처럼 마시거든
농사철의 술참을 어찌 없애겠소.

長安豪俠家、　　　珠貝堆如阜。
春粒瑩如珠、　　　或飼馬與狗。
碧醪湛若油、　　　霑洽童僕咮。

是皆出於農、　　非乃本所受。
假他手上勞、　　忘謂能自富。
力穡奉君子、　　是之謂田父。
赤身掩短褐、　　一日耕幾畝。
才及稻芽青、　　辛苦鋤稂莠。
假饒得千鍾、　　徒爲官家守。
無何遭奪歸、　　一介非所有。
乃反掘鳬苗、　　飢仆不自救。
除却作勞時、　　何人餉汝厚。
所要賭其力、　　非必愛爾口。
粲粲白玉飯、　　澄澄綠波酒。
是汝力所生、　　天亦不之咎。
爲報勤農使、　　國令容或謬。
可矢卿與相、　　酒食厭腐朽。
野人亦有之、　　每飲必醇酎。
游手尙如此、　　農餉安可後。

도망간 종에게*
奴逋 1

1.
서강을 건너자마자 네가 달아났으니
새 서울로 피난가면 굶주릴까 해서였겠지.
닭으로 점치고 종풀을 꺾어도 찾지 못하니
너는 어느 곳에 그리 깊이 숨었느냐.

西江已渡僕逋亡。　　　應恐新京餒爾腸。
取鷄折蔖猶未覓。　　　問渠何處固深藏。

---

* 강화도로 도읍을 옮겨간 뒤에 지었다.(원주)

술을 덜 마시다 보니
省酒

주정뱅이라는 나무람소리 듣기가 싫어
요즈음 덜 마시니 탈은 없건만,
붓을 쥐고 앉아 시를 읊을라치면
날개가 꺾어진 듯 높이 날지 못하겠구나.

厭聽人間誚酒狂。　　邇來省飮亦無傷。
唯於放筆高吟處、　　一翮微摧莫敭張。

시를짓는버릇*
詩癖

내 나이 벌써 일흔을 넘었으며
벼슬 또한 삼공에 올랐으니
이제는 시 짓기를 내버릴 만도 하건만
어찌하여 아직도 그만두질 못하는가.
아침에는 귀뚜라미처럼 노래하고
밤에도 부엉이처럼 우노라.
떨쳐 낼 수 없는 귀신이 들러붙어
아침저녁으로 남들 몰래 따르면서
한번 달라붙곤 잠시도 떨어지지 않아
나를 이 지경까지 이르게 했네.
날마다 심장과 간장을 벗겨 내어
몇 편의 시를 짜내니
내 몸에 있던 기름기와 진액이
이제는 조금도 남아 있지 않구나.
앙상하게 뼈만 서서 괴롭게 시를 읊는
이 모습이 참으로 우습기만 해라.

■

* 스스로 차츰 고질병이 된 것은 알았지만, 그만 둘 수가 없었다. 그러므로
  시를 지어 탄식한 것이다.(원주)

남들을 놀라게 할 문장을 못 지어
천년 뒤까지 남겨 줄 만한 글이 없으니,
혼자서 손뼉 치며 크게 웃다가
웃음을 멈추고는 다시 읊노라.
내 살든지 죽든지 반드시 시 때문이니
의원이 오더라도 이 병은 못 고칠레라.

年已涉縱心、 位亦登台司。
始可放雕篆、 胡爲不能辭。
朝吟類蜻蜋、 暮嘯如鳶鴟。
無奈有魔者、 夙夜潛相隨。
一着不暫捨、 使我全於斯。
日日剝心肝、 汁出幾篇詩。
滋膏與脂液、 不復留膚肌。
骨立苦吟峨、 此狀良可嗤。
亦無驚人語、 足爲千載胎。
撫掌自大笑、 笑罷復吟之。
生死必由是、 此病醫難醫。

살았을 동안 술상이라도 차려 주렴
示子姪 長短句

가여워라 이 내 한몸
죽고 나면 백골 되어 썩어지리니
자손들 철따라 무덤 찾아와 절하더라도
죽은 자에게 그 따위가 무슨 상관인가.
게다가 백년 뒤에 가묘에서도 멀어지면
어느 자손이 찾아와 성묘하고 돌아보겠나.
무덤 앞에선 누런 곰이 울고
뒤에선 푸른 외뿔소가 부르짖겠지.
고금의 무덤들이 다닥다닥 쌓였지만
넋이 있고 없는 것을 그 누가 알겠나.
조용하게 앉아서 혼자 생각해 보니
살아생전 한 잔 술로 목이나 축이는 게 낫겠네.
내 너희들에게 부탁하노니
이 늙은이가 너를 괴롭힐 날 얼마나 되겠나.
꼭 고기 안주 놓으려 말고
술상이나 부지런히 차려다 주렴.
천 꿰미 지전 사르고 술 석 잔 바친다지만
죽은 뒤에야 받는지 안 받는지 내 어찌 알랴.
호화로운 장례도 내 바라지 않으리니
무덤 파가는 도둑에게나 좋을 일 시키겠지.

可憐此一身、　　　　　死作白骨朽。
子孫歲時雖拜塚、　　　其於死者亦何有。
何況百歲之候家廟遠、　寧有雲仍來省一廻首。
前有黃熊啼、　　　　　候有蒼兕吼。
古今墳壙空纍纍、　　　魂在魂無誰得究。
靜坐自思量、　　　　　不若生前一杯濡我口。
爲向子姪詹、　　　　　吾老何嘗溷汝久。
不必擊鮮爲、　　　　　但可勤置酒。
紙錢千貫奠觴三、　　　死後寧知受不受。
厚葬吾不要、　　　　　徒作模金人所取。

막걸리*
白酒詩

내 옛날 벼슬 없이 떠돌던 때는
매일 마시는 것이 오직 막걸리뿐이어서,
어쩌다 맑은 술¹⁾을 만나면
쉽게 취하지 않을 수 없었지.
높은 벼슬자리에 올랐을 적엔
막걸리 마실려도 있을 리 없더니,

■

* 내 일찍이 젊었을 때 막걸리 마시기를 좋아한 까닭은, 맑은 술을 만나기가 드물어 늘 흐린 술이라도 마셨기 때문이다. 높은 벼슬을 거치는 동안에 맑은 술을 마셨으므로 또한 막걸리를 좋아하지 않았으니, 습관이 되었기 때문인가. 요즈음은 벼슬에서 물러나 녹봉이 줄어든 때문에 이따금 맑은 술이 끊어지므로 하는 수 없이 막걸리를 마시는데 곧장 가슴에 얹혀서 기분이 나쁘다. 옛날에 두보는 그의 시에서 "막걸리에 묘한 이치가 있다" 하였으니 무슨 까닭인가. 나는 옛날 늘 마시던 때에도 그저 마셨을 뿐이지 그 좋은 점을 몰랐으니 하물며 지금일까 보냐. 두보는 본디 가난했던 사람이라서 역시 그 습관으로 인하여 그렇게 말했을 것이다. 그래서 내가 막걸리 시를 지었다. (서)

1) 막걸리의 원문은 '현(賢)'이고, 맑은 술의 원문은 '성(聖)'이다. 삼국시대 위(魏)나라 조조(曹操)가 금주령을 내렸는데 상서랑(尙書郞) 서막(徐邈)이 술을 마시고 크게 취하였다. 교사(校事) 서달(徐達)이 조사하자 그가 대답하기를 "나는 성인(聖人)에 취하였다."고 하였다. 서달이 조조에게 보고하자 다른 사람이 해명하기를 "평소에 취객들이 청주를 성인이라 하고 탁주를 현인이라 합니다."라고 하니, 조조가 결국 서막을 용서하였다.《삼국지(三國志) 위서(魏書)》〈서막전(徐邈傳)〉

이제 늙어 물러난 몸 되니
녹봉이 줄어들어 쌀독이 자주 비네.
좋은 술도 없다가 있다가 하니
막걸리를 마실 일이 또한 많아져,
체하여 가슴속이 막히곤 하니
싸구려 술 나쁜 것을 이젠 알겠네.
막걸리에 오묘한 이치가 있다고 했지만
두보의 그 말뜻을 아직 몰랐는데,
이제는 알겠구나 사람의 성품이란 게
생활 습관에 따라 젖어든다는 것을.
음식이란 신분 처지에 따르는 법
슬기고 안 즐기는 게 어찌 맘대로 되랴.
그래서 살림하는 부인께도 일러두노니
많은 돈 들어와도 쓸 돈은 아끼소.
독 안에 채워 둘 술도
물처럼 맑은 술로만 담지는 마소.

我昔浪遊時、　　所飮惟賢耳。
時或値聖者、　　無奈易昏醉。
及涉地位高、　　飮濁無是理。
今者作退翁、　　俸少家屢匱。

綠醑斷復連、　　蒭飲亦多矣。
滯在胷膈間、　　始覺督郵鄙。
濁醪稱有妙、　　未會杜公意。
酒知人之性、　　與習自漸漬。
飲食地使然、　　何有嗜不嗜。
爲報中饋人、　　有入愼輕費。
無使樽中酒、　　不作澄淸水。

홍주태수로 부임하는 큰아들 함에게*
辛丑三月三日送長子涵以洪州守之任有作

죽음이 가까워진 이 나이에
울며울며 너와 헤어지노니,
너에게 묻노라, 어디로 가는지
남쪽 지방 아득한 곳으로 떠나간다네.
태수가 된 너에게야 영광이겠지만
이번의 이별을 내 어찌 감당하랴.
일흔이 넘은 이 늙은이가
어찌 삼 년을 기다리며 살아 있겠나.
영원한 이별인 줄을 분명코 알겠으니
끊어지는 이 아픔을 어찌 다 말하랴.
잘 갔다가 고이 돌아와서
나라에서 귀히 쓰는 신하가 되어,
가문의 명성을 부디 떨어뜨리지 말고
아무개 아들답다는 칭찬 들어야 하느니라.
내 생전엔 만날 수 없을는지 모르지만
황천에 가서야 어찌 너를 못 알아보랴.

■
* 신축년(고종 18년, 1241) 3월 3일에 지었다. 이 해에 이규보는 74살이었다.
  아들을 보낸 뒤 그의 병이 더욱 깊어져 끝내 9월 2일에 죽었다. 함은 홍주
  에 있었기에 미처 임종을 보지 못했다.

맑고 결백하라, 이것이 으뜸이고
그 다음 지킬지니, 삼가고 겸손하라.

桑楡景云迫、	泣別阿兒涵。
問女向何處、	杳杳天之南。
專城雖汝榮、	此別吾何堪。
安有大耄翁、	留待期年三。
懸知是永訣、	痛絶那容談。
好去好還朝、	公府坐潭潭。
毋或墮家聲、	人許某家男。
眼前雖未見、	地下豈不諳。
淸白是第一、	其次愼而謙。

앓아누워서도 술을 못 끊고
明日又作

앓아누워서도 술을 끊지 못하니
죽고 나서야 이 술잔을 놓겠지.
맑은 정신으로 살아 있은들 무슨 재미겠나,
취해 지내다 저 세상 가는 게 도리어 좋을 텐데.

病時猶未剛辭酒。　　死日方知始放觴。
醒在人間何有味、　　醉歸天上信爲良。

한 잔의 술을 마시며 한 구절 시를 지었지
偶吟

술이 없으면 시도 지어지잖고
시가 없으면 술도 마시고 싶잖아.
시와 술을 내 모두 즐기니
서로 어울리고 서로 있어야 하네.
손 내키는 대로 한 구절 시를 짓고
입 내키는 대로 한 잔의 술을 마셨지.
내 어찌하겠나, 딱한 이 늙은이가
시 버릇과 술 버릇 함께 배운 것을.
술이라고 해야 많이 마시는 건 아니어서
천백 수 짓는 시를 따라가진 못하지만,
술잔을 마주하면 흥취 절로 일어나니
그 마음만은 끝내 알기 어려워라.
그래서 내 병마저 깊어졌으니
죽은 뒤에야 그 버릇 없어지겠지.
그러기에 나 혼자서 속상한 게 아니라
남들도 그 때문에 나무란다네.

無酒詩可停、　　無詩酒可斥。
詩酒皆所嗜、　　相値兩相得。
信手書一句、　　信口傾一酌。
奈何遮老子、　　俱得詩酒癖。

酒亦飲未多、　　未似詩千百。
相逢酒發興、　　是意終莫測。
由此病亦深、　　方死始可息。
不唯我自傷、　　人亦以之責。

군수 두어 사람이 장물죄를 저질렀다기에

聞郡守數人以臟被罪 二首

1.

흉년으로 백성들 거의 다 죽게 되어
남은 거라곤 겨우 뼈와 살가죽뿐인데,
몸속에 남은 살 그 얼마나 되겠다고
한 점도 남김없이 벗겨가려 했구나.

歲儉民幾死、　　　　唯殘骨與皮。
身中餘幾肉、　　　　屠割欲無遺。

2.

너도 보았겠지 강물 마시는 두더지를
기껏 마신대야 자기 배나 채우는 것을,
네게 묻노니 입이 몇 개나 되길래
백성들의 살점을 모두 먹으려 했나.

君看飮河鼹、　　　　不過滿其腹。
問汝將幾口、　　　　貪喫蒼生肉。

동명왕편

白雲

李奎報

동명왕편
東明王篇

　세상 사람들이 동명왕의 신통하고 기이한 일을 많이 말했다. 비록 어리석은 남녀들까지도 흔히 그 일을 말했다. 내가 일찍이 그 얘기를 듣고는 웃으며 이렇게 말했다.

　"성현 공자께서는 괴력난신(怪力亂神)을 말씀하지 않으셨다. 동명왕의 사적은 참으로 황당하고도 괴이하니, 우리들이 얘기할 만한 것이 못 된다."

　나중에 《위서》(魏書)와 《통전》(通典)을 읽어 보니 역시 동명왕의 사적을 실었지만 간략하고 자세치 못했다. 자기들 국내의 것은 자세히 하고 외국의 것은 소략히 하려는 뜻인지도 모른다.

　지난 계축년(1193) 4월에 《구삼국사》(舊三國史)를 얻어 동명왕 본기(本紀)를 보니 그 신이한 사적이 세상에서 얘기하는 것보다 더했다. 그러나 처음에는 믿지 못하고 귀(鬼)나 환(幻)으로만 생각했었다. 세 번 거푸 탐독하고 음미하며 차츰 그 근원에 이르고 보니, 환이 아니고 성(聖)이며 귀가 아니고 신(神)이었다. 하물며 국사는 사실 그대로 쓴 책이니 어찌 망령되게 전했겠는가. 김부식 공이 국사를 다시 편찬할 때에 자못 그 사적을 생략한 것이다. 국사는 세상을 바로잡는 글이니, 크게 이상한 사적은 후세에 보일 것이 아니라고 생각하여 공이 생략한 것인가?

　당현종(唐玄宗) 본기와 〈양귀비전〉에는 방사(方士)가 하늘에 오르고 땅으로 들어갔다는 기록이 없지만, 오직 시인 백낙천만은 그 사적이 인멸될 것을 걱정하여 노래를 지어 전했다. 양귀비와 현종의 사적은 참으로 황당하고 음란하며 기괴하고 허탄한 일인데도 오히려 후세에 보였다. 더구나 동명왕의 일은 신이한 변화로 여러 사람의 눈을 현혹한 것이 아니라 참으로 나라를 새로 세운 신기한 사적이다. 이것을 기록하지 않으면 후세인들이 장차 어떻게 볼 것인가? 그래서 시를 지어 남겨서 우리나라가 본래 성인의 나라라는 것을 천하에 알리고자 한다.

한 덩어리로 뭉쳤던 원기 갈라져서
천황씨 지황씨가 되었네.
머리가 열셋, 또는 열하나
그 모습 너무나 기이하여라.
나머지 성스러운 제왕들의 얘기도
경서와 사기에 모두 실려 있네.
여절은 큰 별에 감응되어
소호금천씨(少昊金天氏) 지를 낳았고,
여추가 전욱을 낳을 때에도
또한 북두성의 광채에 감응됐었다네.[1]
복희씨는 희생제도를 마련하였고
수인씨는 나무를 비벼 불을 만들어 내었지.
명협이 난 것은 요임금의 상서요[2]

■
1) 여절은 황제(黃帝)의 아내인데, 한밤중 별에서 무지개 같은 기운이 내려오는 꿈을 꾸고 지(摯)를 낳았다. 여추는 지의 아내인데, 역시 북극성이 번쩍이는 것을 보고 태기가 있어 24개월 만에 아들을 낳았다. 이 아들이 오제(五帝) 가운데 두 번째인 전욱이다.
2) 명협(蓂荚)은 요임금 때 조정 뜰에 났다는 상서로운 풀. 초하룻날부터 매

서속을 내린 것은 신농씨의 상서일세.

저 푸른 하늘은 여와씨가 기웠고

구년 대홍수는 우임금이 다스렸지.

황제 헌원씨(軒轅氏)가 하늘에 오를 때는

턱에 수염난 용이 스스로 이르렀지.

먼 태고적 순박할 때는

신령하고 성스러운 사적 이루 다 기록할 수 없었는데,

후세에 인정이 차츰 경박해져서

풍속이 너무나도 사치해졌네.

성인이 이따금 나기는 하였지만

신령한 자취를 보인 것은 적어라.

한(漢)나라 신작(神雀) 3년

북두칠성이 동남쪽을 가리키던 첫여름

해동 해모수는

참으로 하느님 아들이었네.*

■

일 한 잎씩 나서 자라다가 보름이 지나면서 한 잎씩 지기 시작하여 그믐
이 되면 말라 버린다. 그래서 이 풀을 보고 달력을 만들었다고 한다.

* 본기에 이렇게 적혀 있다. 부여왕 해부루(解夫婁)가 늙도록 아들이 없어
산천에 제사하여 아들 낳기를 빌러 가는데, 타고 가던 말이 곤연(鯤淵)에
이르자 큰 돌을 보고 눈물을 흘렸다.

왕이 괴이하게 여기어 사람을 시켜 그 돌을 굴리게 하니, 금빛 나는 개구
리 모습의 작은 아이가 있었다. 왕이, "이것은 하늘이 내게 준 아들이다"
고 하며 길러서 금와(金蛙)라 이름짓고 태자로 삼았다. 정승 아란불(阿蘭
弗)이, "며칠 전에 천제(天帝)가 내게 내려와서 '장차 내 자손으로 하여금
이곳에 나라를 세우려 하니 너는 피하라'고 하였습니다. 동해 바닷가에
가섭원이란 땅이 있어 오곡이 잘되니 도읍할 만합니다"라고 왕에게 권하
여, 도읍을 옮기고 동부여(東夫余)라 이름지었다.

예전 도읍터에는 해모수(解慕漱)가 천제의 아들이 되어 와서 도읍하였
다.(원주)

元氣判丕渾、　天皇地皇氏。
十三十一頭、　體貌多奇異。
其餘聖帝王、　亦備載經史。
女節感大星、　乃生大昊摯。
女樞生顓頊、　亦感瑤光暐。
伏羲制牲犧、　燧人始鑽燧。
生蓂高帝祥、　雨粟神農瑞。
青天女媧補、　洪水大禹理。
黃帝將升天、　胡髥龍自至。
太古淳朴時、　靈聖難備記。
後世漸澆漓、　風俗例汰侈。
聖人問或生、　神迹少所示。
漢神雀三年、　孟夏斗立巳。
海東解慕漱、　眞是天之子。

처음 공중에서 내려오는데
자신은 다섯 용이 끄는 수레를 타고,
뒤따르는 사람 백여 명은
고니를 타고 털깃옷을 떨쳐 입었네.
청아한 풍악 소리 구슬이 부딪치듯
무지개 구름까지 뭉게뭉게 떴어라.*

■

* 한나라 신작3년(B.C. 59)인 임술년에 천제가 태자를 보내어 옛 도읍에 내려와 놀았는데, 이름이 해모수였다. 하늘에서 내려오는 다섯 용이 끄는 수레를 탔으며, 따르는 사람 백여 명은 모두 흰 고니를 탔다. 무지개 구름이 위에 뜨고, 구름 속에서는 음악 소리가 울렸다. 웅심산(熊心山)에 머물렀다가 열흘 남짓 지나서 내려왔는데, 머리에는 까마귀 깃털관을 쓰

初從空中下、　　身乘五龍軌。
從者百餘人、　　騎鵠紛襂襹。
淸樂動鏘洋、　　彩雲浮旖旎。

옛날부터 천명 받은 임금치고
하늘에서 주지 않았던 적 있었으랴만,
대낮 푸른 하늘에서 내려온 것은
옛부터 보지 못한 신이었네.
아침에는 인간 세상에서 살다가
저녁이 되면 하늘 궁궐로 돌아간다네.*

自古受命君、　　何是非天賜。
白日下靑冥、　　從昔所未視。
朝居人世中、　　暮反天宮裡。

옛사람에게 내 듣기론
이 땅에서 하늘까지의 거리가
이억만 하고도 팔천
칠백 팔십 리라고 했었지.
사다리 타고도 오르기 어렵고
날개 치며 날아도 곧 지칠 텐데.

■
　　고 허리에는 용광검(龍光劍)을 찼다.(원주)
* 아침에는 정사를 돌보고 저물면 곧 하늘로 올라가니, 세상 사람들이 천왕
　　랑(天王郎)이라고 불렀다.(원주)

아침저녁 마음대로 오르내리니
그 이치 어째서 그러했던가.
성 북쪽에 청하(靑河·압록강)가 있어
하백(河伯)의 세 딸이 아름다웠지.
압록강 물결 헤치고 나와
웅심 못가에서 노닐곤 했었네.
허리에 찬 구슬이 쟁그랑 울리고
부드러운 모습이 너무나 아름다웠지.*

吾聞於古人、	蒼穹之去地。
二億萬八千、	七百八十里。
梯棧躐難升、	羽翮飛易瘁。
朝夕恣升降、	此理復何爾。
城北有靑河、	河伯三女美。
擘出鴨頭波、	往遊熊心涘。
鏘琅佩玉鳴、	綽約顔花媚。

처음 볼 땐 선녀 노닐던 한고산인가 의심하다가
다시 보곤 낙수³⁾의 모래톱인가 생각했었지.
해모수왕 나가서 사냥하다 보고는
눈짓 보내며 마음에 두었네.

■
* 자태가 곱고 아리따왔다. 여러 가지 패옥이 쟁그랑거려 한고(漢皐)와 다
  름없었다.(원주)
3) 복희씨(伏羲氏)의 딸 복비(宓妃)가 낙수(洛水)에 빠져 죽어 신이 되었다.

190

곱고 화려한 게 좋아서가 아니라
뒤이어 줄 아들 낳기가 급했기 때문일세.*

初疑漢皐濱、復想洛水沚。
王因出獵見、目送頗留意。
茲非悅紛華、誠急生繼嗣。

세 여자는 왕이 오늘 걸 보고서
물속에 들어가 한참이나 피했었지.
해모수왕 궁전을 지어
여자들 와서 노는 모습 엿보려 하곤
말채찍 들어 한번 땅을 그으니
구리집이 어느새 우뚝 솟았구나.
비단 자리도 눈부시게 깔아 놓고
황금 술잔에 맛있는 술 차려 놨더니,
정말 자기들 발로 돌아 들어와선
서로 따르며 마시다가 이내 취했다네.**

■
* 왕이 옛사람들에게 "저 여자를 얻어서 왕비를 삼으면 후사를 둘 수 있겠
  다"고 말했다.(원주)
**그 여자들이 왕을 보자 곧 물로 들어갔다. 옆에 모시던 사람들이 "대왕께
  선 왜 궁전을 지어서 여자들이 방에 들어가기를 기다렸다가 못 나가게 문
  을 막지 않으십니까?"라고 말했다. 왕이 그렇게 여겨 말채찍으로 땅에 그
  으니, 구리집이 갑자기 이루어져 굉장하였다. 방안에 세 자리를 베풀고
  술상을 차려 놓았다. 그 여자들이 저마다 그 자리에 앉아 서로 권하며 마
  셔서, 술이 크게 취하였다.(원주)

三女見君來、　　　　入水尋相避。
擬將作宮殿、　　　　潛候同來戲。
馬撾一畫地、　　　　銅室欻然峙。
錦席鋪絢明、　　　　金罇置淳旨。
蹁躚果自入、　　　　對酌還徑醉。

해모수왕 그때 나가 가로막으니
놀라서 달아나다 미끄러지고 자빠졌네.*

王時出橫遮、　　　　驚走僅顚躓。

맏딸 이름이 유화인데
혼자서 왕에게 잡혔어라.
아버지 하백이 크게 성내어
사자를 시켜 급히 달려 보냈지.
고하기를 너는 어떠한 사람이기에
감히 방자하고 경박한 짓을 하는가.
답하기를 나는 천제의 아들이오니
높으신 집안과 혼인 맺기를 청합니다.
하늘에 손짓하자 용수레가 내려와
바다 깊숙한 궁궐까지 그대로 내려갔네.**

■

* 왕은 세 여자가 몹시 취하기를 기다렸다가 급히 나가 막았다. 여자들이
　놀라서 달아나다가 맏딸 유화(柳花)가 왕에게 붙잡혔다.(원주)
** 하백이 크게 노하여 사자를 보내어 고하기를, "너는 어떠한 사람이기
　에 내 딸을 잡아 두는가?" 하였다. 왕이 답하기를, "나는 천제의 아들인

長女曰柳花、　　足爲王所止。
河白大怒嗔、　　遺使急且駛。
告云渠何人、　　乃敢放輕肆。
報云天帝子、　　高族請相累。
指天降龍馭、　　徑到海宮邃。

하백이 왕에게 이르기를
혼인은 인륜의 큰 일이라,
중매와 폐백의 법도 있거늘
네 어찌 방자한 짓을 했는가.*

河伯乃謂王、婚姻是大事。
媒贄有通法、胡奈得自恣。

그대 참으로 상제의 아들이라면
신통한 변화를 시험하여 보세.

■
　데 지금 하백에게 구혼하고자 합니다" 하였다. 하백이 또 사자를 보내어
고하기를. "네가 만일 천제의 아들이고 내게 구혼할 생각이 있으면 마땅
히 중매를 시켜 말할 것이지, 지금 문득 내 딸을 잡아 두니 어찌 그리 실
례가 심한가" 하였다. 왕이 부끄러워하며 하백을 뵈려 했으나 그 여자는
벌써 왕과 정이 들어서 떠나려 하지 않았다. 유화가 해모수 왕에게 권하
길, "만약 용수레가 있으면 하백의 나라에 갈 수 있다" 하였다. 왕이 하늘
을 가리키며 외치니, 조금 뒤에 다섯 용이 끄는 수레가 공중에서 내려왔
다. 왕이 여자와 함께 수레를 타니 풍운이 홀연히 일어나며 하백의 궁에
이르렀다.(원주)
* 하백이 예를 갖추어 맞아 좌정한 뒤에 말했다. "혼인의 도는 천하의 공통
된 규범인데, 어찌 실례되는 짓을 해서 내 가문을 욕되게 하는가?"(원주)

넘실거리는 푸른 물결 속에
하백이 변화하여 잉어가 되니,
해모수왕은 변화하여 수달이 되어
몇 걸음 못 가서 곧 잡아 버렸네.
하백에게 또다시 두 날개가 나서
꿩이 되어 훌쩍 날아가 버리니,
해모수왕 또한 신령한 매가 되어
쫓아가 치는 것이 어찌 그리 날쌘지,
저편이 사슴 되어 달아난다 싶으면
이편은 승냥이 되어 쫓아가곤 하니,
신통한 재주 있음을 하백도 알고
술자리 벌여 서로 기뻐했네.
가득 취한 틈을 타서 가죽수레에 싣고
딸도 수레에 함께 태웠으니,
자기 생각으론 딸도 함께
천상에 오르게 하려 함일레라.
그 수레 물 밖에 나오기도 전에
해모수왕 술 깨어 갑자기 놀라 일어나,
유화의 황금비녀로
가죽 뚫고 구멍으로 빠져 나왔네.
혼자서 하늘로 올라가 버리곤
아무런 소식 없이 다신 오지 않았네.*

■
* 하백이, "그대가 천제의 아들이라면 무슨 신통하고 기이한 재주가 있는
가?" 물었다. 왕이 "무엇이든지 시험하여 보소서" 하였다. 이에 하백이
뜰 앞의 물에서 잉어로 화하여 물결을 따라 노니, 왕이 수달로 화하여
잡았다. 하백이 또 사슴으로 화하여 달아나니, 왕이 승냥이로 화하여 쫓
았다. 하백이 꿩으로 화하니, 왕이 매로 화하였다. 하백은 참으로 천제

君是上帝胤、　　神變請可試。
漣漪碧波中、　　河伯化作鯉。
王尋變爲獺、　　立捕不待跬。
又復生兩翼、　　翩然化爲雉。
王友化神鷹、　　博擊何大鷙。
彼爲鹿而走、　　我爲豺而趡。
河伯知有神、　　置酒相燕喜。
伺醉載革輿、　　幷置女於輢。
意令與其女、　　天上同騰轡。
其車未出水、　　酒醒忽驚起。
取女黃金釵、　　刺革從竅出。
獨乘赤霄上、　　寂寞不廻騎。

하백이 그 딸을 꾸짖으며
입술을 잡아당겨 석 자나 늘여 놓았네.
우발수 속으로 내어쫓고는
겨우 노비 두 사람만 주어 보냈네.*

■

　의 아들이라고 생각하였다. 그렇지만 혼인의 예를 치르고 왕이 딸을 데려
갈 마음이 없을까 두려워하였다. 그래서 풍악을 베풀고 술을 내어 왕에게
권하였다. 몹시 취하자 딸과 함께 작은 가죽 수레에 넣어 용수레에 실었
다. 이는 함께 하늘에 오르게 하려고 한 것이다. 그 수레가 미처 물속에서
바깥 세상으로 나오기도 전에 왕은 술이 깨었다. 그래서 유화의 황금비녀
로 가죽수레를 뚫고, 구멍으로 혼자 나와서 하늘로 올라갔다.(원주)

* 하백이 그 딸에게 크게 노하여 "네가 내 훈계를 따르지 않아서 마침내 우
리 집안을 욕되게 하였다"고 말했다. 옆에 있던 사람들을 시켜 딸의 입을
옭아 잡아당겨, 입술의 길이가 석 자나 되게 하였다. 노비 두 사람만을 주
어선 우발수 가운데로 내쫓았다. 우발은 연못 이름인데, 지금 태백산 남
쪽에 있다.(원주)

河伯責厥女、　　　　挽吻三尺弛。
乃貶優渤中、　　　　唯與婢僕二。

어부가 연못 속을 보니
이상한 짐승이 돌아다녔네.
그래서 금와왕에게 아뢰어
쇠그물을 깊숙이 던졌네.
돌에 앉은 여자를 끌어당겨 얻고 보니
얼굴 모양이 너무나도 무서워라.
입술이 길어 말을 못하기에
세 번 자른 뒤에야 입이 열렸네.*

漁師觀波中、　　　　奇獸行駊騀。
乃告王金蛙、　　　　鐵網投溪溪。
引得坐石女、　　　　姿貌甚堪畏。
唇長不能言、　　　　三截乃啓齒。

금와왕이 해모수의 왕비인 것을 알곤
유화를 이내 별궁에 두었네.
가슴에 해를 품고 주몽을 낳았으니

■
* 어사(漁師) 강력부추(强力扶鄒)가 "요즘 어량(魚梁) 속의 고기를 훔쳐 가
　는 놈이 있는데, 무슨 짐승인지 모르겠습니다"라고 아뢰었다. 금와왕이
　어사를 시켜 그물로 끌어내니 그물이 찢어졌다. 다시 쇠그물을 만들어 당
　겨서 돌에 앉아 있는 여자를 잡았다. 그 여자는 입술이 길어 말을 못하기
　에, 그 입술을 세 번이나 잘라낸 뒤에야 말을 하였다.(원주)

그 해가 바로 계해년(B.C. 58)이었지.
골상이 참으로 기이하고
우는 소리까지 또한 너무나 컸어라.
처음엔 됫박만한 알을 낳으니
보는 사람마다 모두 깜짝 놀랐지.
이게 어찌 사람의 종류인가,
왕도 상서롭지 못하다 생각하곤
마구간 속에 두었더니
여러 마리 말들이 있건만 밟지 않았네.
깊은 산속에 내다 버렸건만
온갖 짐승 찾아와서 옹위했다네.*

王知慕漱妃、	仍以別宮置。
懷日生朱蒙、	是歲歲在癸。
骨表諒最奇、	啼聲亦甚偉。
初生卵如升、	觀者皆驚悸。
王以爲不祥、	此豈人之類。
置之馬牧中、	群馬皆不履。

■

* 금와왕이 천제 아들의 비(妃)인 것을 알고 별궁에 두었더니, 그 여자의 품 안에 해가 비치며 이어 임신하였다. 신작 4년 계해년 여름 4월에 주몽을 낳았는데, 우는 소리가 매우 컸다. 골상이 영특하고도 기이하였다. 여자가 처음 낳을 때에 왼편 겨드랑이로 알 하나를 낳았는데, 크기가 닷되들이 만하였다. 금와왕이 괴이하게 여겨, "사람이 새알을 낳았으니 상서롭지 못하다"라고 말했다. 사람을 시켜 마구간에 두었더니 여러 말들이 밟지 않고, 깊은 산에 버렸더니 모든 짐승들이 지켜 주었다. 구름 끼고 음침한 날에도 알 위에는 언제나 햇볕이 있었다. 금와왕이 알을 도로 가져다가 어미에게 보내어 기르게 하였다. 알이 드디어 갈라져서 한 사내아이를 얻었는데, 낳은 지 한 달도 되지 않아서 언어가 모두 정확하였다.(원주)

棄之深山中、　　　　百獸皆擁衛。

어미가 다시 받아서 기르니
한 달이 되면서 말하기 시작해,
스스로 말하길 파리가 눈을 빨아서
누워도 편안히 잠잘 수 없다 하였네.
어머니가 활과 화살을 만들어 주니
파리를 쏘아서 빗나간 화살이 없었다네.*

母姑擧而養、　　　　經月言語始。
自言蠅嚌目、　　　　臥不能安睡。
母爲作弓矢、　　　　其弓不虛掎。

나이가 차츰 많아지매
재능도 날로 갖추어져,
부여왕의 태자 대소(帶素)는
그 마음속에 질투가 생겼네.
말하기를, 저 주몽이란 자는
반드시 평범한 사람이 아니니,
만약 일찍이 없애지 않으면

■

* 아이가 어머니에게 "파리들이 눈을 빨아서 잘 수가 없으니, 어머니가 나를 위해서 활과 화살을 만들어 주세요" 하였다. 그 어머니가 대가지로 활과 화살을 만들어 주니, 물레 위의 파리를 쏘는데 화살을 쏘는 족족 맞혔다. 부여에서 활 잘 쏘는 사람을 주몽(朱蒙)이라고 불렀다.(원주)

그 후환이 끝없으리라 하였네.*

年至漸長大、　　才能日漸備。
扶余王太子、　　其心生妬忌。
乃言朱蒙者、　　此必非常士。
若不早自圖、　　其患誠未已。

금와왕이 가서 말을 기르게 시키니
주몽의 뜻을 시험코자 함이었건만,
주몽의 생각으론 천제의 손자가
천하게 말 기르는 것 참으로 부끄러웠네.
가슴을 어루만지며 늘 혼자 탄식하기를
이렇게 살 바에야 죽는 게 더 낫겠지.
내 마음 같아선 장차 남쪽으로 가서
나라도 세우고 성과 저자도 세우고 싶지만
사랑하는 어머니가 계시기 때문에
헤어진다는 게 참말 쉽지 않구나.**

* 주몽은 나이가 많아지면서 재능이 다 갖추어졌다. 금와왕에게 아들 일곱
  이 있었는데, 언제나 주몽과 함께 놀며 사냥하였다. 왕의 아들들과 따르
  는 사람 마흔댓 명이 겨우 사슴 한 마리를 잡았는데, 주몽은 사슴을 퍽 많
  이 쏘아 잡았다. 왕자가 시기하여 주몽을 붙잡아 나무에 묶어 매고 사슴
  을 빼앗았다.
    주몽이 나무를 뽑아 버리고 갔다. 태자 대소가 왕에게, "주몽이란 자는 신
  통하고 용맹한 장사여서, 눈초리가 비상합니다. 만일 일찍이 도모하지 않
  으면 반드시 후환이 있을 것입니다" 하였다.(원주)
** 금와왕이 주몽에게 말을 기르게 하여 그 뜻을 시험하였다. 주몽이 마음속
  으로 한을 품고 어머니에게, "나는 천제의 손자인데 남의 말이나 기르고
  있으니, 사는 것이 죽는 것보다도 못합니다. 남쪽 땅에 가서 나라를 세우
  고 싶지만 어머니가 계셔서 마음대로 못합니다" 하였다.(원주)

王令往牧馬、　　　欲以試厥志。
自思天之孫、　　　廝牧良可恥。
捫心常窃導、　　　吾生不如死。
意將往南土、　　　立國立城市。
爲緣慈母在、　　　離別誠未易。

그 어머니 이 말 듣고
흐르는 눈물 씻으며,
너는 내 생각 하지 말아라
나도 언제나 마음이 아프단다.
장사가 먼길을 가려면
반드시 준마가 있어야 한단다.
아들을 데리고 마구간에 가서
긴 채찍으로 말을 때리니,
여러 말들은 모두 달아나는데
붉은 빛으로 얼룩진 말 한 마리가 있어,
두 길 되는 난간을 뛰어넘으니
이놈이 준마인 걸 비로소 깨달았네.
남모르게 바늘을 혀에 꽂으니
시리고 아파서 먹지를 못해,
며칠 못 되어 모습이 너무 여위어
노둔한 말들과 거의 같아졌네.
얼마 뒤에 왕이 둘러보다가
바로 이 말을 주몽에게 주었네.
얻고 나서 비로소 바늘 뽑고는
밤낮으로 남보다 더 먹여 주었네.*

其母聞此言、	潛然抆淸淚。
汝幸勿爲念、	我亦常痛痞。
士之涉長途、	須必憑駿駬。
相將往馬閑、	卽以長鞭捶。
群馬皆突走、	一馬騂色斐。
跳過二丈欄、	始覺是駿驥。
潛以針刺舌、	酸痛不受飼。
不日形甚癯、	却與駑駘似。
爾後王巡觀、	予馬此卽是。
得之始抽針、	日夜屢加餧。

남몰래 세 사람 어진 벗을 맺으니
그 사람들 모두 지혜가 많았네.
남쪽으로 길 떠나 엄체수에 이르니
건너가려 하여도 배가 없구나.**

■

* 그 어머니가 "그 얘긴 나도 밤낮으로 고심하던 일이다. 내가 들으니 장사
가 먼길을 가려면 반드시 준마가 있어야 한단다. 내가 말을 고를 수 있다"
하였다. 곧 목장으로 가서 긴 채찍으로 어지럽게 때리니, 여러 말들이 모
두 놀라서 달아났다. 한 마리 붉은 말이 두 길이나 되는 난간을 뛰어넘었
다. 주몽은 이 말이 준마임을 알고서, 가만히 바늘을 혀 밑에 꽂아 놓았다.
그 말은 혀가 아파서 물과 풀을 먹지 못하여 매우 야위었다. 왕이 목장을
둘러보며 여러 말들이 모두 살진 것을 보고는 매우 기뻐했다. 그래서 야
윈 말을 주몽에게 주었다. 주몽이 이 말을 얻고 나서, 그 바늘을 뽑고 도로
먹었다고 한다.(원주)
** 건너려 하나 배가 없었다. 쫓는 군사가 곧 이를 것이 두려워서 채찍으로
하늘을 가리키며 개연히 탄식하였다. "나는 천제의 손자요 하백의 외손
인데, 지금 난을 피하여 여기에 이르렀습니다. 황천과 후토는 외로운 이
내 몸을 불쌍히 여기시어 빨리 배와 다리를 주소서" 말을 마치고 활로
물을 치니 고기와 자라가 나타나서 다리를 이루었다. 주몽이 건넌 지 한

201

暗結三賢友、　　　其人共多智。
南行至淹滯、　　　欲渡無舟艤。

채찍을 잡고 저 푸른 하늘 가리키며
주몽이 입으로 긴 탄식을 내뱉었네.
천제의 손자이며 하백의 외손인 이몸
난을 피하여 이곳에 이르렀소.
불쌍하고 외로운 이 나의 마음을
하늘과 땅에서 차마 버리시려오.
활을 손에 잡고 강물을 치니
물고기와 자라들이 머리와 꼬리를 물고,
높직이 다리를 이루어
비로소 건널 수 있었네.
잠시 뒤에 쫓는 군사 이르렀지만
다리에 오르자마자 다리가 무너졌네.*

秉策指彼蒼、　　　慨然發長喟。
天孫河伯甥、　　　避難至於此。
哀哀孤子心、　　　天地其忍棄。
操弓打河水、　　　魚鼈騈首尾。
屹然成橋梯、　　　始乃得渡矣。
俄爾追兵至、　　　上橋橋旋圮。

■　참 뒤에 쫓는 군사가 이르렀다. (원주)
*　쫓는 군사가 강물에 이르니, 고기와 자라가 이룬 다리는 곧 허물어졌다.
　　이미 다리에 올랐던 자들은 모두 빠져 죽었다. (원주)

비둘기 한 쌍 보리 물고 날아오니
신모(神母) 유화부인 보내신 사자이구나.*

雙鳩含麥飛、　　　來作神母使。

형세 뛰어난 곳에 왕도를 여니
산천은 울울창창 높고도 커라.
동명성왕 스스로 띠자리 위에 앉으시어
임금과 신하의 자리를 대략 정하셨네.**

形勝開王都、　　　山川鬱嵂崒。
自坐第蒻上、　　　略定君臣位。

애달프구나 비류왕이여
어찌 자신의 형편도 헤아리지 못하고,
선인의 후예인 것만 굳이 자긍하여

■
 * 주몽이 헤어질 때 차마 떠나지 못하니, 어머니가 "너는 어미 때문에 걱
   정하지 말아라" 말하며 오곡 씨앗을 싸주어 보내었다. 주몽이 생이별하
   는 마음이 애절하여, 보리 씨앗을 잊어버리고 왔다. 주몽이 큰 나무 밑에
   서 쉬는데 비둘기 한 쌍이 날아왔다. 주몽이 "아마도 신모께서 보리 씨앗
   을 보내신 것이겠지" 생각하며 활을 쏘아 한 화살에 모두 떨어뜨렸다. 목
   구멍을 벌려 보리 씨앗을 꺼내고 나서 물을 뿜으니 비둘기가 다시 살아서
   날아갔다.(원주)
**왕이 스스로 띠자리 위에 앉아서, 임금과 신하의 자리를 대강 정하였
   다.(원주)

귀하신 몸 천제의 손자를 알지 못했나.
한갓 부용국으로나 삼으려 하여
말하는 걸 삼가거나 겁내지 않았네.
사슴 그림의 배꼽도 맞히지 못하다가
옥가락지 깨는 걸 보고야 그만 놀랐네.*

咄哉沸流王、　　　何奈不自揆。
苦矜仙人後、　　　未識帝孫貴。
徒欲爲附庸、　　　出語不愼惎。
未中畫鹿臍、　　　驚我倒玉指。

■

* 비류왕 송양(松讓)이 나와서 사냥하다가, 왕의 용모가 비상함을 보고 이
끌어 함께 앉아 물었다. "나는 바다 한쪽에 치우쳐 있어 일찍이 군자를 만
나 보지 못했었소. 오늘 우연히 만났으니 얼마나 다행한 일인가. 그대는
이떠한 사람이며 어느 곳에서 왔는가?"
왕이 답했다. "과인은 천제의 손자요 서국(西國)의 왕이다. 감히 묻노니,
군왕은 누구의 후손인가?" 송양이 답했다. "나는 선인의 후손인데, 여러
대 왕노릇을 하였소. 지금 여기는 지방이 대단히 작아서, 나누어 두 왕이
될 수 없소. 그대는 나라를 만든 지가 얼마 되지 않았으니, 나의 부속국이
되는 것이 좋겠소."
왕이 말했다. "과인은 천제의 뒤를 이었지마는, 지금 왕은 신의 자손도 아
니면서 억지로 왕이라고 호칭하니, 만일 내게 복종하지 않으면 하늘이 반
드시 죽일 것이오."
송양은 왕이 여러 차례 천제의 손자라고 자칭하는 것을 듣고 마음에 의심
을 품었다. 그 재주를 시험하려고 "왕과 활쏘기를 원하노라" 하였다. 사
슴 그림을 일백 보 안에 놓고 쏘았는데, 그 화살이 사슴 배꼽에 들어가지
않았는데도 힘겨워하였다. 왕이 사람을 시켜 옥가락지를 가져다가 일백
보 밖에 달아매고 쏘았다. 기왓장 부서지듯 깨어지니 송양이 크게 놀랐
다.(원주)

송양이 와서 북이 변색한 것을 보고는
내 기물이라고 감히 말하지 못하였네.*

來觀鼓角變、　　　不敢稱我器。

집 기둥이 묵은 것을 와서 보고는
말 못하고 도리어 부끄러워했네.**

來觀屋柱故、　　　咋舌還自愧。

동명왕이 서쪽으로 순수할 때에
우연히 눈빛 고라니를 얻었네.

■

* 왕이 "국가의 기업이 새로 세워지기 때문에 북과 나팔의 위의가 없다. 그래서 비류의 사자가 오고갈 때에 내가 왕의 예로 맞고 보내지 못한다. 그 때문에 나를 가볍게 여기는 것이다" 하였다. 모시고 섰던 신하 부분노(扶芬奴)가 앞으로 나와, "신이 대왕을 위하여 비류의 북을 가져오겠습니다" 하였다. 왕이 물었다.
"다른 나라의 감추어 둔 물건을 네가 어떻게 가져 오려느냐?" 부분노가 대답했다. "이것은 하늘이 준 물건입니다. 왜 가져오지 못하겠습니까? 대왕이 부여에서 곤욕을 당할 때에 누가 대왕이 여기에까지 이르리라고 생각했겠습니까? 지금 대왕이 만 번 죽음을 당할 위태한 땅에서 몸을 빼쳐 나와 요좌(遼左)에 이름을 날리니 이는 천제가 명하여 되는 일입니다. 무슨 일인들 이루지 못하겠습니까?" 이에 부분노 등 세 사람이 비류에 가서 북을 가져 오니, 비류왕이 사자를 보내어 따졌다. 왕이 비류에서 와서 고각을 볼까 두려워하여, 빛깔을 오래 된 것처럼 검게 만들었다. 송양이 감히 다투지 못하고 돌아갔다.(원주)
**송양이 도읍을 세운 앞뒤를 따져 부용국을 삼자고 했다. 왕이 궁궐을 지을 때 썩은 나무로 기둥을 세워 천년 묵은 것처럼 했다. 송양이 와서 보고, 마침내 도읍 세운 앞뒤를 감히 따지지 못했다.(원주)

해원(蟹原) 위에 거꾸로 달아매고
감히 스스로 저주했네.
하늘이 비류에 비를 내려
그 도성과 변방을 표몰시키지 않으면
내 너를 놓아 주지 않으리니
너는 내 분함을 풀어 줄지어다.
사슴의 우는 소리 너무나 슬퍼
위로는 천제의 귀에까지 사무쳤어라.
장맛비가 이레나 퍼부어 대니
주룩주룩 회수(淮水)·사수(泗水)를 넘쳐 흐를듯,
송양도 근심스럽고 두려워져서
흐름을 따라 부질없이 갈대 밧줄이나 가로지르게 해선,
백성들이 다투어 와서 밧줄을 잡아당겨
서로 쳐다보며 땀을 흘리게 했네.
동명왕이 곧장 채찍을 들어
물을 그으니 홍수가 곧 멈추었어라.
송양이 그예 나라를 들어 항복하고
그 뒤로는 우리를 헐뜯지 못하였네.*

■

* 서쪽을 순행하다가 사슴 한 마리를 얻었는데, 해원에 거꾸로 달아매고 저
  주하였다. "하늘이 만일 비를 내려 비류왕의 도읍을 표몰시키지 않는다
  면, 내가 너를 놓아 주지 않을 데다. 이 괴로움을 벗어나려면, 네가 하늘에
  호소하여라." 그 사슴이 슬피 울어 소리가 하늘에 사무치니, 장마 비가 이
  레를 퍼부어 송양의 도읍을 표몰시켰다. 송양왕이 갈대 밧줄로 흐르는 물
  을 가로지르게 하고, 오리 말을 탔다. 백성들은 모두 그 밧줄을 잡아당겼
  다. 주몽이 채찍으로 물을 그으니, 물이 곧 줄어들었다. 유월에 송양이 나
  라를 들어 항복했다고 한다.(원주)

東明西狩時、　　偶獲雪色麂。
倒懸蟹原上、　　敢自呪而謂。
天不雨沸流、　　漂沒其都鄙。
我固不汝放、　　汝可助我懫。
鹿鳴聲甚哀、　　上徹天之耳。
霖雨注七日、　　霈若傾淮泗。
松讓甚憂懼、　　沿流謾橫葦。
士民競來攀、　　流汗相腭眙。
東明卽以鞭、　　畫水水停沸。
松讓擧國降、　　是後莫予訾。

검은 구름이 골령을 덮어
산이 뻗쳐 이어진 모습도 보이지 않았네.
수천 명 사람의 소리가 들려오니
나무 베는 소리와 비슷하였지.
왕이 말하길 하늘이 나를 위하여
그 터에다 성을 쌓는 것이라 했네.
홀연히 구름과 안개 흩어지곤
그 가운데 궁궐이 우뚝 솟았어라.*

■

* 칠월에 검은 구름이 골령에 일어났다. 사람들이 그 산을 보지 못했지만,
수천 명 사람의 소리가 토목공사를 하는 것처럼 들렸다. 왕이 "하늘이 나
를 위하여 성을 쌓는 것이다" 하였다. 이레 만에 구름과 안개가 걷히니,
성곽과 궁궐 누대가 저절로 이루어져 있었다. 왕이 황천께 절하여 감사하
고, 나아가 살았다.(원주)

玄雲羃鵑嶺、　　　不見山邐迤。
有人數千許、　　　斲木聲髣髴。
王曰天爲我、　　　築城於其趾。
忽然雲霧散、　　　宮闕高嶐嵬。

임금 자리에 앉은 지 십구 년 만에
하늘에 오르고 내려오지 않았네.*

在位十九年、　　　升天不下莅。

뜻이 크고 기이한 절개 있으니
그 큰아들의 이름은 유리.
칼을 얻어 아버지의 왕위를 이었고
물동이 구멍 막아 남의 꾸지람도 막았네.**

■

* 가을 구월에 하늘에 오르고 내려오지 않았다. 이때 나이 마흔이었다. 태자
　가 왕이 남긴 옥채찍을 대신 용산에 장사지냈다고 한다.(원주)
** 유리는 어려서부터 기이한 행적이 있었다 한다. 소년 때에 참새 쏘는 것
　을 업으로 삼았는데, 한 부인이 물동이 이고 가는 것을 보고 쏘아서 뚫었
　다. 그 여자가 화내며 욕했다. "아비도 없는 자식이 내 물동이를 쏘아서
　뚫었구나." 유리가 몹시 부끄러워 진흙 탄환으로 쏘아서 물동이 구멍을
　전과 같이 만들었다.
　　집으로 돌아와선 어머니에게 물었다. "내 아버지가 누구입니까?" 어머니
　는 유리 나이가 아직 어리기 때문에 장난삼아 대답했다. "너는 일정한 아
　버지가 없다." 유리가 울면서, "사람이 일정한 아버지가 없으면 장차 무슨
　면목으로 남을 보겠습니까?" 하더니, 곧장 자기 목을 스스로 찌르려 하였
　다. 어머니가 깜짝 놀라 말렸다. "아까 한 말은 장난삼아 한 말이다. 너의
　아버지는 천제의 손자이고 하백의 외손이다. 부여의 신하 되는 것을 원망
　하다가 달아나서, 지금은 남쪽 땅에 가서 나라를 세웠다. 네가 가 보겠느

倘儻有奇節、　　　元子曰類利。
得劍繼父位、　　　寒盆止人詈。

내 성품이 본래 질박하여
기이하고 괴상한 것 좋아하질 않았지.
처음 동명왕 사적을 보고선
요술인가 귀신인가 의심하다가,
차츰차츰 조금씩 섭렵해 보니
변화가 끝이 없어 의논하기 어려워라.
이것을 직필로 쓴 글이라서
한 글자도 허황된 글자가 없으니,
신이하고도 신이하여라
만세에 아름다운 일이구나.

■

냐?" 유리가 대답하였다. "아버지는 임금이 되었는데도 아들은 남의 신하
가 되어 있습니다. 제가 비록 재주는 없지만 어찌 부끄럽지 않겠습니까?"
어머니가 말했다. "너의 아버지가 떠나갈 때 말하기를, '내가 일곱 고개
일곱 골짜기 돌 위 소나무에 감추어 둔 물건이 있다. 이것을 찾아 얻는 자
가 내 자식이다'라고 했단다." 유리가 산골짜기에 가서 찾다가 얻지 못하
고 지쳐서 돌아왔다. 유리가 당(堂) 기둥에서 슬픈 소리가 나는 것을 들었
는데, 그 기둥은 돌 위의 소나무이고 나무 모양이 일곱 모서리였다. 유리
가 스스로 해득하였다. "일곱 고개 일곱 골짜기라는 것은 일곱 모서리이
다. 돌 위 소나무라는 것은 기둥이다." 일어나 가 보니 기둥 위에 구멍이
있었다. 그 구멍에서 부러진 칼 한 도막을 얻고 몹시 기뻐하였다.
전한(前漢) 홍가(鴻嘉) 4년 여름 사월에 고구려로 달아나서, 칼 한 조각을
왕께 받들어 올렸다. 왕이 가지고 있던 부러진 칼 한 도막을 꺼내어 합하
니, 피가 나면서 이어져 한 칼이 되었다. 왕이 유리에게 물었다. "네가 참
으로 내 자식이라면 무슨 신성함이 있느냐?" 유리가 곧 몸을 날려 공중에
솟구쳐 창구멍으로 새어드는 햇빛을 막아 신성한 솜씨를 보였다. 왕이 크
게 기뻐하여 태자로 삼았다.(원주)

생각노니 창업하는 임금이
성스런 신 아니시면 어찌 이루랴.
유온(劉媼)이 큰 못에서 쉬다가
꿈꾸는 사이에 신을 만나니,
우레 번개에 천지가 캄캄해지다가
괴이하고 커다란 이무기가 서렸어라.
그래서 곧 임신이 되어
성스런 유계(劉季)을 낳았으니,
이가 바로 적제(赤帝)의 아들인데[4]
일어날 때부터 기이한 징조가 많았어라.
세조 광무제(光武帝)가 처음 태어날 때
광명한 빛이 집안에 가득하더니,
저절로 적복부(赤伏符)[5]가 맞아들어
황건적을 쓸어 없앴네.
예부터 제왕이 일어날 적엔
징조와 상서가 많이 따르건만,
끝으로 가며 게으르고 거친 자손이 많아져
선왕의 제사를 모두들 끊어뜨렸지.

■

4) 한나라 고조(高祖) 유방(劉邦)이다. 적제는 남방(南方)의 신이다. 한나라
   는 화덕(火德)으로 왕노릇 하여 적색(赤色)을 숭상하였으므로, 적제라고
   부른 것이다. 유방이 술에 취하여 밤중에 못가를 지나가다, 뱀을 보고 칼
   로 베었다. 뒤에 어떤 사람이 그곳에 이르니 늙은 할미가 울면서 "내 아들
   은 백제(白帝)의 아들인데 뱀이 되어 길에 나왔다가, 적제의 아들에게 베
   어졌다"고 말했다.
5) 광무제가 왕이 되기 전 장안에 있었는데, 강화(彊華)가 관중으로부터 적복
   부를 받들고 왔다. 거기에, '유수(劉秀)가 군사를 일으켜 무도한 자를 토
   벌하니, 사이(四夷)가 구름처럼 모여들리라. 용이 들판에서 싸우다가 228
   년째 되는 해에 화덕(火德)으로 임금이 되리라'고 씌어 있었다.

이제야 알겠네, 조상의 업을 잘 지킨 임금들은
옛 고생한 땅에서 적은 일도 경계하여,
너그럽고 어진 마음으로 왕위를 지키고
예와 의로 백성을 교화하였지.
길이길이 자손에게 전하여
나라를 오래도록 다스렸네.

我性本質木、　　性不喜奇詭。
初看東明事、　　疑幻又疑鬼。
徐徐漸相涉、　　變化難擬議。
況是直筆文、　　一字無虛字。
神哉又神哉、　　萬世之所蹠。
因思草創君、　　非聖卽何以。
劉媼息大澤、　　遇神於夢寐。
雷電塞晦暝、　　蛟龍盤怪傀。
因之卽有娠、　　乃生聖劉水。
是惟赤帝子、　　其與多殊祚。
世祖始生時、　　滿室光炳煒。
自應赤伏符、　　掃除黃巾僞。
自古帝王興、　　徵瑞紛蔚蔚。
末嗣多怠荒、　　共絶先王祀。
乃知守成君、　　集蓼戒小毖。
守位以寬仁、　　化民由禮義。
永永傳子孫、　　御國多年紀。

原詩題目 찾아보기

옮긴이 **허경진**은 연세대학교 국어국문학과를 졸업하고,
같은 대학원에서 문학박사 학위를 받았다. 목원대학교 국어교육과 교수와
열상고전연구회 회장을 거쳐, 연세대학교 국문과 교수를 역임했다.
《한국의 한시》 총서 외 주요저서로는 《조선위항문학사》, 《허균 평전》,
《허균 시 연구》, 《대전지역 누정문학연구》,
《성호학파의 좌장 소남 윤동규》 등이 있고,
옮긴 책으로는 《연암 박지원 소설집》, 《매천야록》,
《서유견문》, 《삼국유사》, 《택리지》, 《허난설헌 시집》,
《주해 천자문》, 《정일당 강지덕 시집》 등 다수가 있다.

韓國의 漢詩 2
白雲 李奎報 詩選

초   판 1쇄 발행일   1986년 4월 15일
개 정 판 1쇄 발행일   2023년 5월 15일

옮 긴 이   허경진
만 든 이   이정옥
만 든 곳   평민사
           서울시 은평구 수색로 340 〈202호〉
           전화 : 02) 375-8571
           팩스 : 02) 375-8573
           http://blog.naver.com/pyung1976
           이메일 pyung1976@naver.com
등록번호   25100-2015-000102호
ISBN   978-89-7115-026-9 04810
           978-89-7115-476-2 (set)
정   가   14,000원